Mi primer LAROUSSE de
Cuentos

EDICIÓN ORIGINAL

Dirección editorial: Françoise **Vibert-Guigue**
Edición: Brigitte **Bouhet**
Corrección: Michèle **Lancina**
Dirección artística, concepto gráfico y realización:
F. **Houssin** y C. **Ramadier** para **Double**, París.
Dirección de la publicación: Dominique **Korach**

EDICIÓN PARA LATINOAMÉRICA

Dirección de la publicación: Amalia **Estrada**
Cuidado de la edición: Mónica **Godínez** y Lourdes **Corona**
Asistencia administrativa: Guadalupe **Gil**
Traducción: Equipo de Edición Infantil de ELM
Adaptación: Equipo de Edición Infantil de ELM
con la colaboración de Remedios **Martínez**

© 2002 Larousse/VUEF
21, rue de Montparnasse 75006 París
"D. R." © MMIV por E. L., S. A. de C. V.
Dinamarca 81, México 06600, D. F.

ISBN: 203-553022-9 (Larousse/VUEF)
ISBN: 970-22-1066-6 (E.L., S.A. de C.V.)

PRIMERA EDICIÓN - 1ª. reimpresión

Impreso en Malasia

Mi primer LAROUSSE de Cuentos

LAROUSSE

ÍNDICE

BLANCA NIEVES

n día de invierno, caían del cielo copos de nieve como si fueran plumas. La reina cosía sentada ante su ventana de ébano negro. Y, mientras cosía y contemplaba cómo caían los copos de nieve, se pinchó el dedo con la aguja. Tres gotas de sangre cayeron sobre la nieve, y era tan bonito ese color rojo sobre la nieve blanca, que la reina formuló un deseo: "Quisiera que el niño que llevo en mi vientre tuviera la piel tan blanca como la nieve, los labios tan rojos como la sangre y el cabello tan negro como el ébano de la ventana".

Poco tiempo después, tuvo una niña blanca como la nieve, con los labios rojos como la sangre y el cabello negro como el ébano. La llamó Blanca Nieves. Pero, por desgracia, la reina murió durante el parto.

Un año más tarde, el rey se volvió a casar con una mujer muy hermosa, pero engreída y muy orgullosa.

La nueva reina no soportaba que hubiera alguna otra mujer más bella que ella. Además, tenía algo de maléfica y poseía un espejo mágico al que le preguntaba frecuentemente:

"Espejo, espejito, dime,
¿quién es la más bella del reino?"

Y el espejo, que nunca mentía, respondía:

"Majestad, sois la más bella del reino."

De este modo, la reina se quedaba tranquila, puesto que sabía que el espejo decía siempre la verdad.

Sin embargo, Blanca Nieves iba creciendo y cada día estaba más hermosa. Era tan hermosa como la luz del sol y mucho más bella que la propia reina.

Una mañana, la reina le preguntó al espejo:
"Espejo, espejito, dime,
¿quién es la más bella del reino?"

Y el espejo le respondió:
"Majestad, sois muy bella,
pero Blanca Nieves es aún mil veces
más hermosa."

La reina quedó horrorizada. Se puso muy celosa, y desde aquel día, cada vez que veía a Blanca Nieves, el corazón le daba un vuelco, y su orgullo y sus celos crecían y crecían como la mala hierba. No descansaba ni de día ni de noche.

Llegó un momento en que no pudo soportarlo más; entonces llamó a un cazador y le dijo: "Llévate a Blanca Nieves al bosque. ¡No quiero volver a verla! Mátala y tráeme como prueba su hígado y sus pulmones".

El cazador condujo a Blanca Nieves hasta el bosque. Cuando ya había sacado el puñal para matarla, la pobre Blanca Nieves empezó a llorar y le suplicó: "Por favor, señor cazador, déjame vivir, me esconderé en el bosque y nunca más regresaré al palacio".

El cazador se compadeció de ella y le dijo: "Sálvate, pobre niña", pensando que los lobos no tardarían mucho tiempo en comérsela. Pero, a pesar de todo, se sintió aliviado por no haber tenido que matarla.

Vio a un pequeño jabalí que se acercaba. Lo mató, le sacó los pulmones y el hígado y se los llevó a la reina como prueba de que había cumplido sus órdenes. El cocinero los coció con mucha sal, y la malvada reina se los comió, creyendo que se trataba del hígado y los pulmones de Blanca Nieves.

Blanca Nieves vagó por el bosque hasta que amaneció. Tenía tanto miedo que observaba los árboles preguntándose qué iba a ser de ella. Empezó a correr sobre las piedras y entre las zarzas. Los animales salvajes saltaban a su alrededor, pero no le hacían ningún daño.

Blanca Nieves corrió y corrió hasta que no pudo más. Ya estaba muy entrada la noche cuando vio una casita y entró en ella para descansar. En esta cabañita todo era pequeño y estaba muy limpio y ordenado.

Había una mesita cubierta con un mantel blanco, con siete platitos, siete cucharitas, siete cuchillitos, siete tenedores pequeños y siete vasitos. Contra la pared, había siete camitas alineadas y cubiertas con sábanas blancas como la nieve.

Blanca Nieves, que tenía mucha hambre y mucha sed, comió un poco de verdura de cada platito, mordió un trocito de cada panecillo y bebió un poco de agua de cada vasito. Después, como estaba tan cansada, quiso acostarse, pero ninguna cama era de su medida. Algunas eran demasiado largas y otras, demasiado cortas; pero la séptima era más o menos de su tamaño, así que se acostó y se quedó dormida.

Cuando se hizo completamente de noche, los habitantes de la cabaña regresaron a su casa. Eran siete enanitos de la montaña. Trabajaban en la mina, cavando y picando todo el día. Encendieron sus siete velitas y enseguida se dieron cuenta de que alguien había entrado en su casa mientras ellos no estaban, porque las cosas no se encontraban como las habían dejado.

El primero dijo: "¿Quién se ha sentado en mi sillita?". El segundo: "¿Quién ha comido en mi platito?". El tercero: "¿Quién ha comido de mi pan?". El cuarto: "¿Quién comió de mi verdura?". El quinto: "¿Quién ha pinchado con mi tenedor?". El sexto: "¿Quién ha cortado con mi cuchillo?". El séptimo: "¿Quién ha bebido de mi vasito?" Después, el primero corrió hacia su camita y gritó: "¿Quién se metió en mi cama?". Los demás acudieron y gritaron: "¡Alguien se acostó también en mi cama!".

Pero al fijarse en su cama, el séptimo descubrió a Blanca Nieves. En ese momento llamó a los demás; todos acudieron y gritaron asombrados al verla. Tomaron sus siete velitas y se acercaron. "¡Oh, Dios mío!", gritaron, "¡qué linda niña!". Estaban tan contentos que decidieron no despertarla; la dejaron dormir en su camita. El séptimo enanito se acostó en las camas de sus compañeros, una hora con cada uno, y así pasó la noche.

Cuando amaneció, Blanca Nieves se despertó y se asustó mucho al ver a los siete enanitos. Pero ellos le preguntaron amablemente: "¿Cómo te llamas?". "Blanca Nieves", respondió ella. "¿Cómo llegaste a nuestra casa?" Entonces les contó que su madrastra había ordenado que la mataran, pero el cazador la dejó escapar, y ella corrió durante todo el día, hasta que por fin encontró su cabaña.

Los enanos le propusieron que se quedara con ellos: "Si quieres, puedes ocuparte de nuestra casa, cocinar, hacer las camas, lavar la ropa y coser, no te faltará nada". "Sí", respondió Blanca Nieves, "acepto con muchísimo gusto", y se quedó con ellos.

Por la mañana, los siete enanitos se iban a la montaña a trabajar en la mina. Por la noche, cuando volvían a casa, Blanca Nieves les tenía preparada la cena. Durante todo el día se quedaba sola en casa. Los siete enanitos le aconsejaron que fuera muy prudente: "Ten cuidado con tu madrastra. Pronto se enterará de que estás aquí, así que no dejes entrar a nadie".

La reina, que creía haberse comido el hígado y los pulmones de Blanca Nieves, estaba segura de ser la más bella de las mujeres. Se puso frente a su espejo y le preguntó:

"Espejo, espejito, dime,
¿quién es la más bella del reino?"

Entonces, el espejo respondió:

"Majestad, aquí sois la más bella,
pero Blanca Nieves, que vive en las montañas
con los siete enanitos, sigue siendo
mil veces más hermosa que vos."

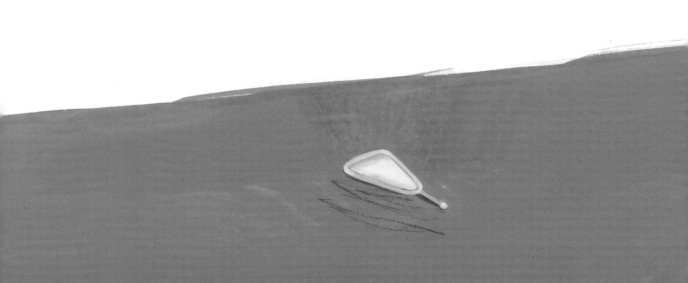

La reina se enfureció, porque sabía que el espejo no mentía. Se dio cuenta de que el cazador la había engañado y que Blanca Nieves aún seguía viva. Volvió a quebrarse la cabeza para encontrar la manera de matarla, ya que, si no volvía a ser la más bella del reino, los celos no la dejarían en paz.

Por fin, se le ocurrió una artimaña: se maquilló y se disfrazó de viejecita, nadie podría reconocerla. Y, en efecto, se presentó así en casa de los enanitos, más allá de las siete montañas.

Llamó a la puerta y gritó: "¡Vendo buena mercancía!". Blanca Nieves miró por la ventana y dijo: "Buenos días, buena señora, ¿qué vende usted?". "Muy buena mercancía, buenísima mercancía", respondió la anciana, "cintas de todos los colores", y sacó de su bolsa una trenza multicolor. '¿Por qué no habría de dejar entrar a esta buena mujer?', pensó Blanca Nieves. Quitó el pestillo, abrió la puerta y le compró una cinta. "Niña", dijo la anciana, "¡qué mal te la has puesto! Acércate, yo te la colocaré bien". Blanca Nieves, sin desconfiar, dejó que la anciana le anudara la cinta en el cuello. Pero se la anudó tan rápidamente y apretó tan fuerte, que Blanca Nieves se quedó sin respiración y cayó al suelo como si estuviera muerta. "Se acabó. ¡Ya no eres la más bella!", exclamó riendo la anciana mientras huía.

Cuando los siete enanitos volvieron a casa, a la hora de la cena, se quedaron horrorizados al ver a su querida Blanca Nieves tendida en el suelo, inmóvil, ¡como si estuviera muerta! La levantaron y se dieron cuenta de que llevaba una cinta demasiado apretada. Rápidamente la cortaron y, poco a poco, Blanca Nieves volvió a respirar y a recobrar su color. Cuando les contó lo que había pasado, los siete enanos gritaron: "¡Esa vieja vendedora no era otra que la malvada reina! ¡No debes dejar entrar a nadie cuando no estemos en casa!".

En cuanto llegó al castillo, la malvada reina corrió a preguntar a su espejo mágico:

"Espejo, espejito, dime,
¿quién es la más bella del reino?"

Entonces, el espejo volvió a responder:

"Majestad, aquí sois la más bella,
pero Blanca Nieves, que vive en
las montañas con los siete enanitos,
sigue siendo mil veces más hermosa
que vos."

Al escuchar esas palabras, la reina sintió que el corazón se le helaba de rabia y horror, pues comprendió que, una vez más, Blanca Nieves había logrado sobrevivir. "¡Esta vez no se salvará!", gritó, "¡voy a idear algo que acabe con ella!" Con ayuda de una bruja que conocía, elaboró un peine envenenado. Acto seguido, se disfrazó de nuevo como si fuera otra anciana, y se presentó en casa de los siete enanitos más allá de las siete montañas.

Llamó a la puerta y gritó: "¡Vendo buena mercancía!". Blanca Nieves miró hacia fuera y dijo: "Sigue tu camino, no puedo abrirle a nadie". "Al menos puedes mirar", respondió la anciana mientras le enseñaba el peine envenenado. Blanca Nieves lo vio y el peine le pareció tan bonito que se dejó tentar.

Cuando se pusieron de acuerdo sobre el precio, la anciana le pidió dulcemente: "Acércate, te haré un hermoso peinado". La pobre Blanca Nieves, que se fiaba de cualquiera, dejó que la peinara. Cuando tocó su cabello con el peine, Blanca Nieves perdió el conocimiento. "¡Oh, belleza prodigiosa!", gritó la malvada reina, "¡ahora sí acabé contigo!", y se marchó.

Por suerte, ya era casi la hora en que los siete enanos volvían a casa. Cuando vieron a Blanca Nieves tendida en el suelo, como si estuviera muerta, enseguida sospecharon de la reina, y empezaron a buscar hasta que encontraron el peine envenenado. En cuanto retiraron el peine de su cabello, Blanca Nieves volvió a abrir los ojos y les contó lo que había pasado. Una vez más, los enanitos le suplicaron que no abriera la puerta a nadie.

Cuando llegó al palacio, la reina se miró en el espejo mágico y le preguntó:

"Espejo, espejito, dime,
¿quién es la más bella del reino?"

Como la vez anterior, el espejo respondió:

"Majestad, aquí sois la más bella,
pero Blanca Nieves, que vive en las montañas
con los siete enanitos, sigue siendo
mil veces más hermosa que vos."

Al oír lo que le decía el espejo, la reina se estremeció de rabia y gritó: "¡Blanca Nieves debe morir, aunque yo misma muera en el intento!".

Después se encerró en una habitación secreta, donde nunca entraba nadie, y envenenó una manzana. Era una manzana preciosa, blanca y roja, y tan apetitosa que cualquiera se la comería. Bastaría un solo bocado para morir.

Cuando tuvo todo listo, la reina se maquilló la cara, se disfrazó de campesina y se presentó en casa de los siete enanitos más allá de las siete montañas. Llamó a la puerta; Blanca Nieves sacó la cabeza por la ventana y dijo: "No puedo abrir a nadie, los siete enanitos me lo han prohibido". "Peor para ti", respondió la campesina, "no me costará nada vender estas manzanas. Te regalo una". "No, no", dijo Blanca Nieves, "no debo aceptar nada de nadie".

"¿Tienes miedo de que esté envenenada?", preguntó la anciana. "Mira, voy a partir la manzana en dos: tú te comes la mitad roja y yo me como la mitad blanca". Pero resulta que en la parte roja la malvada reina había puesto el veneno. La manzana le apetecía tanto a Blanca Nieves que, cuando vio que la campesina se la comía, no pudo resistir mucho tiempo. Tendió la mano y tomó la mitad envenenada. En cuanto la mordió, cayó muerta. La reina la miró entonces con sus malvados ojos y, con una risa aterradora, exclamó:

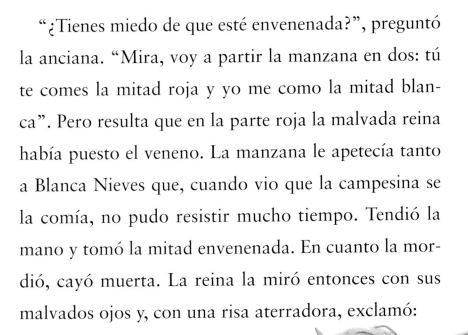

"¡Blanca como la nieve,
roja como la sangre,
negra como el ébano!
¡Esta vez los enanos
no conseguirán despertarte!".

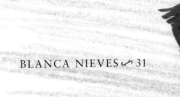

Y preguntó de nuevo a su espejo mágico:
"Espejo, espejito, dime,
¿quién es la más bella del reino?"

Y el espejo respondió:

"Majestad, sois la más bella del reino."

Entonces, por fin descansó el corazón envidioso de la reina, si es que un corazón envidioso puede descansar alguna vez.

De regreso a casa, los siete enanitos encontraron a Blanca Nieves tendida en el suelo. No respiraba, estaba muerta.

La levantaron, buscaron por todas partes a ver si encontraban algo envenenado, le soltaron las cintas, la peinaron, la lavaron con agua... Pero no sirvió de nada. Blanca Nieves estaba muerta.

La pusieron sobre una camilla, se sentaron los siete alrededor de ella, y no dejaron de llorar durante tres días. Después, se dispusieron a enterrarla. Pero Blanca Nieves lucía tan viva y fresca como siempre, y sus mejillas seguían sonrosadas, que no tuvieron valor para enterrarla. Construyeron un ataúd de cristal para poder contemplarla desde cualquier parte. La metieron en él y escribieron su nombre con letras de oro, y también escribieron que era hija del rey. Después, llevaron el ataúd a lo alto de la montaña y se turnaron para velarla día y noche. Los animales de la montaña también se acercaron para llorar a Blanca Nieves, primero una lechuza, luego un cuervo, y finalmente una paloma.

Blanca Nieves permaneció mucho, mucho tiempo en el ataúd, pero siempre igual de hermosa; siempre blanca como la nieve, su boca roja como la sangre y el cabello negro como la madera de ébano.

Sin embargo, casualmente un día, un príncipe que paseaba por el bosque se detuvo en la casa de los enanitos para pasar la noche. Vio el ataúd de la preciosa Blanca Nieves en lo alto de la montaña, y leyó lo que había escrito en él con letras de oro. Entonces, dijo a los enanitos: "Entréguenme ese ataúd, a cambio les daré todo lo que quieran". Pero los siete enanitos respondieron: "No os lo daríamos ni por todo el oro del mundo". El príncipe suplicó: "En ese caso, regálenmelo, por favor, porque ya no podré vivir sin ver a Blanca Nieves; la guardaré y la honraré como mi mayor tesoro". Al oírlo hablar de ese modo, los enanitos sintieron compasión de él y le regalaron el ataúd.

El príncipe ordenó a sus sirvientes que transporta-ran el ataúd sobre sus hombros. Apenas habían cami-nado unos metros cuando uno de ellos tropezó con unas ramas. La sacudida hizo que Blanca Nieves escu-piera el trozo de manzana que tenía en la garganta. Enseguida abrió los ojos, levantó la tapa del ataúd y se incorporó preguntando: "¿Dónde estoy?". El prín-cipe, muy emocionado, le respondió: "Estás conmi-go". Le contó todo lo que había pasado y le dijo: "Te amo más que a nada en el mundo; ven conmigo al castillo de mi padre y serás mi esposa". Blanca Nieves se fue con él y su boda se celebró con mucha pompa y boato.

Pero la malvada reina también había sido invitada a la boda de Blanca Nieves. Vestida con sus mejores galas, fue ante su espejo y le preguntó:

"Espejo, espejito, dime,
¿quién es la más bella del reino?"

El espejo respondió:

"Majestad, sois la más bella de este castillo,
pero la joven reina es mil veces más bella que vos."

Entonces, la infame mujer lanzó una tremenda imprecación y sintió tal pánico que perdió la cabeza. Primero, no quiso ir a la boda. Pero la curiosidad pudo más que ella, y sintió la necesidad de conocer a la joven reina. Cuando reconoció a Blanca Nieves, se quedó petrificada de angustia y pavor. Sin embargo, le habían puesto ante sus pies unas sandalias de hierro al rojo vivo que habían calentado en el fuego, por lo que no le quedó más remedio que ponerse esos zapatos ardientes, y bailar y bailar hasta morir.

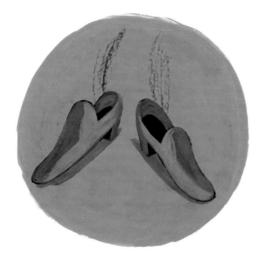

LA CENICIENTA

Hace muchísimos años vivió un caballero que se casó por segunda vez con la mujer más altiva y vanidosa que jamás ha existido. Esta mujer tenía dos hijas que tenían el mismo carácter que ella y en todo se le parecían. Por su parte, el marido tenía una hija joven, dulce y buena que había heredado estas cualidades de su madre, quien había sido la mejor persona del mundo.

En cuanto se casó, la madrastra demostró su mal carácter. No soportaba las cualidades de la joven, pues hacían que sus hijas parecieran aún más odiosas de lo que ya eran. Por eso, le encargó las tareas más duras de la casa: tenía que lavar los platos y las escaleras, hacer las camas y limpiar las habitaciones de la señora y de sus hijas; además, dormía en la parte más alta de la casa, en un desván, sobre un viejo jergón, mientras que sus hermanastras tenían habitaciones alfombradas, con lujosas camas y grandes espejos donde podían verse de cuerpo entero.

La pobre niña lo aguantaba todo con paciencia, y no se atrevía a quejarse con su padre porque su mujer lo dominaba y la habría regañado.

Cuando terminaba su trabajo, descansaba en un rincón de la chimenea, sentada sobre las cenizas, por eso en casa la llamaban *Cenicienta*. A pesar de sus harapos y de que nunca se podía arreglar, Cenicienta seguía siendo cien veces más guapa que sus hermanastras, aunque ellas lucieran lujosos vestidos.

Un día, el hijo del rey ofreció un baile al que invitó a todas las personalidades del reino. Entre los invitados estaban las dos hermanastras de Cenicienta, que eran personas muy importantes en el país. Enseguida empezaron a pensar cómo iban a vestirse y peinarse para la ocasión. Esto le dio todavía más trabajo a Cenicienta, ya que era ella quien tenía que lavar y planchar toda la ropa de sus hermanastras. Sólo hablaban de sus vestidos y de cómo se arreglarían. "Yo", decía la mayor, "me pondré mi vestido de terciopelo rojo y mis joyas de Inglaterra". "Yo", decía la pequeña, "tendré que ponerme una falda normal, pero, para compensar, llevaré mi abrigo de flores de oro, y mi collar de diamantes, que no pasará desapercibido". Mandaron buscar a la peluquera para que les hiciera peinados de dos vueltas, y se compraron unos lunares postizos. Llamaron a Cenicienta para pedirle su opinión porque tenía muy buen gusto. Cenicienta les aconsejó lo mejor que supo, e incluso se ofreció a peinarlas. Estaba dispuesta a hacer todo lo que ellas quisieran.

Mientras las peinaba, ellas le decían: "Cenicienta, ¿te gustaría ir al baile?". "¿Por qué se burlan? Ese no es un lugar para mí", respondía Cenicienta. "Tienes razón, todo el mundo se reiría al ver a alguien como tú en el baile". Cualquier otra persona, en el lugar de Cenicienta, las habría peinado mal al oír esas cosas, pero ella era muy buena y las peinó perfectamente, así que las dos estaban encantadas. Rompieron más de doce cintas a fuerza de apretarse el corsé para conseguir un talle más delgado, y se pasaban el día ante el espejo. Por fin, llegó el gran día, y fueron al baile. Cenicienta las siguió con la mirada hasta que las perdió de vista. Entonces, rompió a llorar. Su madrina, al verla tan triste, le preguntó qué le pasaba. "Me gustaría... Me gustaría...". Lloraba tanto que no podía acabar la frase. Su madrina, que era un hada, le dijo: "Te gustaría mucho ir al baile, ¿verdad?". "Pues, sí", contestó Cenicienta suspirando. "Como eres muy buena", respondió su madrina, "haré que vayas".

La llevó a su habitación y le dijo: "Ve al jardín y tráeme una calabaza".

Cenicienta fue inmediatamente a buscar la mejor calabaza del jardín y se la llevó a su madrina, aunque no podía imaginar qué tendría que ver esa calabaza con el baile. El hada vació la calabaza completamente, la tocó con su varita mágica, y la convirtió en una preciosa carroza dorada.

Después fue a la ratonera y encontró seis ratones vivos. Pidió a Cenicienta que levantara un poco la trampilla de la ratonera; así, cada ratón que salía lo tocaba con su varita mágica y lo convertía en un hermoso caballo. Al final consiguió hacer un tiro de seis caballos de un precioso color gris tordo.

La joven se preguntaba cómo conseguir un cochero: "Voy a ver", dijo Cenicienta, "si hubiera alguna rata en la ratonera, podríamos convertirla en un cochero". "Tienes razón", respondió la madrina, "ve a ver". Cenicienta le trajo la ratonera, donde había tres grandes ratas. El hada escogió una de ellas, la que tenía los bigotes más largos y, en cuanto la tocó con su varita, la convirtió en un cochero fuerte, con los bigotes más hermosos que se hayan visto.

Después, el hada le dijo: "Ve al jardín y encontrarás seis lagartos detrás de la regadera; tráemelos". En cuanto se los trajo, la madrina los convirtió en seis lacayos, que subieron inmediatamente detrás de la carroza con sus trajes de colores. Los lacayos se sujetaron tan bien de la carroza que parecía que lo hubieran hecho toda la vida.

Entonces, el hada dijo a Cenicienta: "Con esto puedes ir al baile, ¿estás a gusto?". "Sí, pero ¿cómo voy a ir con esta ropa vieja y sucia?". Su madrina la tocó con la varita, y los harapos se convirtieron inmediatamente en un traje de tela de oro y plata, de muchos colores y con adornos de pedrería.

Después, el hada le dio un par de zapatillas de cristal*, que eran las más bonitas del mundo. Cuando ya estaba completamente engalanada, Cenicienta subió a la carroza; pero su madrina le pidió que regresara antes de la medianoche, y le advirtió que si se quedaba en el baile un momento más, su carroza se convertiría de nuevo en calabaza; sus caballos, en ratones; sus lacayos, en lagartos, y su ropa volvería a ser la de antes.

Prometió a su madrina que no se olvidaría de salir del baile antes de la medianoche. Y se fue en su carroza, llena de alegría.

* En la versión original de Charles Perrault, las zapatillas eran de vero (piel de marta). La similitud en la pronunciación en francés entre las palabras "vair" (piel de marta) y "verre" (cristal) parece haber causado una confusión, de ahí que en las versiones posteriores las zapatillas sean de cristal.

El hijo del rey, a quien se le había avisado que acababa de llegar una princesa desconocida, salió a recibirla. Cuando bajó de la carroza, le tendió la mano y la acompañó al salón donde se celebraba el baile. Cuando entraron, se hizo un gran silencio; todos dejaron de bailar y los violines callaron ante la presencia de la bella desconocida. Sólo se oía un murmullo: "¡Qué hermosa es!".

El propio rey, aunque ya era un anciano, no dejaba de mirarla y de decir en voz baja a la reina que hacía mucho tiempo que no veía a una persona tan bella. Todas las damas se fijaban en su peinado y en su traje

para copiárselos, siempre y cuando pudieran encontrar unas telas tan preciosas y unos modistos tan hábiles.

El príncipe la condujo hasta el lugar más destacado del salón y después la sacó a bailar. Bailó con tanta gracia y estilo que resultaba admirable. Sirvieron unos canapés exquisitos, pero el joven príncipe no comió nada, pues no podía dejar de mirar a aquella bellísima desconocida.

Cenicienta fue a sentarse al lado de sus hermanastras y las colmó de atenciones: les ofrecía las naranjas y los limones que el príncipe le había dado, lo cual les extrañó mucho porque no la conocían en absoluto.

De repente, Cenicienta oyó que sonaban las campanadas de las doce menos cuarto. Enseguida, hizo una gran reverencia a la orquesta y se fue lo más rápido que pudo. En cuanto llegó a casa, buscó a su madrina y, después de expresarle su agradecimiento, le dijo que desearía volver al baile al día siguiente, ya que el hijo del rey se lo había pedido. Mientras le contaba a su madrina todo lo que le había pasado en el baile, las dos hermanastras llamaron a la puerta; Cenicienta fue a abrir. "¡Cuánto tiempo han tardado en volver!", les dijo bostezando y frotándose los ojos, como si acabara de despertarse; pero, en realidad, desde que se fueron no sintió la más mínima necesidad de dormir. "Si hubieras venido al baile", le dijo una de sus hermanastras, "no te habrías aburrido:

asistió una princesa bellísima, la más bella que hayas podido ver jamás, y fue muy cortés con nosotras, nos dio naranjas y limones". Cenicienta estaba que no cabía en sí de gozo. Les preguntó cuál era el nombre de esa princesa, y ellas le respondieron que no la conocían, que el hijo del rey suspiraba por ella, y que daría cualquier cosa por saber quién era.

Cenicienta sonrió y les dijo: "¡Debe ser realmente hermosa! ¡Dios mío, qué afortunadas son!, ¿podría verla? Por favor, préstame el traje amarillo que te pones a diario".

"Claro", respondió su hermana en tono irónico, "¿sabes qué pienso? Que tendría que volverme completamente loca para prestar mi traje a alguien tan despreciable como tú".

Cenicienta esperaba una respuesta así, y no le importó, porque le hubiera resultado muy embarazoso ponerse el traje de su hermanastra. Al día siguiente, las dos hermanas fueron al baile y Cenicienta también, pero todavía más bella que la primera vez. El hijo del rey estuvo a su lado todo el tiempo y no dejó de dedicarle piropos. La joven no se aburría en absoluto y olvidó la recomendación de su madrina, de suerte que creyó que no eran ni las once cuando de repente oyó la primera campanada de las doce. Se levantó discretamente y desapareció con la ligereza de un cervatillo.

El príncipe la siguió, pero no pudo alcanzarla. Sin embargo, en su huida, la joven perdió una de sus zapatillas de cristal y el príncipe la recogió con sumo cuidado. Cenicienta llegó a su casa casi sin aliento, sin carroza, sin lacayos, y con sus harapos; de toda la magnificencia y el lujo que llevaba sólo le quedaba una de las zapatillas, la pareja de la que había perdido. Los sirvientes del palacio preguntaron a los guardias de la puerta si habían visto salir a una princesa; ellos dijeron que no, sólo vieron a una joven muy mal vestida con aspecto de campesina.

Cuando sus dos hermanastras regresaron del baile, Cenicienta les preguntó si se habían divertido y si habían visto a la hermosa joven. Ellas le dijeron que sí, pero que sonaron las campanadas de medianoche y huyó de manera tan repentina, que perdió una de sus zapatillas de cristal, la más bonita del mundo. El hijo del rey la había recogido y durante el resto del baile no hizo otra cosa que mirarla; sin duda, estaba muy enamorado de la bella joven a la que pertenecía la zapatilla.

Decían la verdad, ya que pocos días después, el hijo del rey hizo publicar un bando en el que manifestaba que se casaría con la joven en cuyo pie encajara la zapatilla.

Se la probaron a las princesas, después a las duquesas y a toda la corte, pero sin ningún éxito. Lo llevaron a casa de las dos hermanastras, las cuales hicieron todo lo posible por meter el pie en la zapatilla, pero no lo consiguieron.

Cenicienta, que las observaba y había reconocido su zapatilla, dijo riendo: "¡A ver si me queda bien!". Sus hermanas se burlaron de ella. El caballero encargado de hacer la prueba, después de mirar con atención a Cenicienta, la encontró muy hermosa y respondió que le parecía bien, pues tenía la orden de probársela a todas las jóvenes. Pidió a Cenicienta que se sentara y, acercando la zapatilla a su pequeño pie, vio que le entraba sin ningún problema. El asombro de las dos hermanas fue enorme, pero se sorprendieron aún más cuando Cenicienta sacó de su bolsillo la pareja de la zapatilla y se la puso en el otro pie.

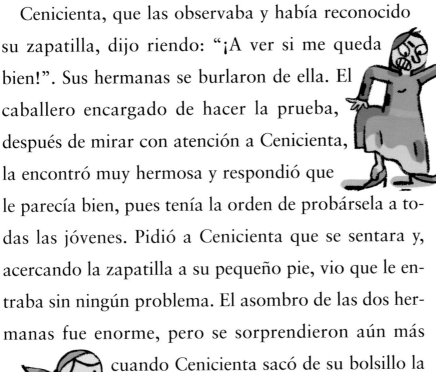

En ese momento llegó la madrina, quien, con un toque de su varita mágica, hizo que la ropa de Cenicienta fuera aún más espléndida que la de las otras dos ocasiones. Entonces, sus dos hermanastras la reconocieron como la joven que vieron en el baile, la más bella. Se arrodillaron ante ella para pedirle perdón por el modo como la habían tratado y por todo lo que la habían hecho sufrir. Cenicienta hizo que se pusieran de pie y les dijo, abrazándolas, que ella las perdonaba de todo corazón y que les pedía que siempre la amaran.

La llevaron ante el joven príncipe tal como estaba. Él la encontró más bella que nunca y, pocos días después, contrajeron matrimonio. Cenicienta, que era tan buena como hermosa, pidió que sus dos hermanastras vivieran en palacio, y las casó con dos grandes señores de la corte.

LA BELLA DURMIENTE DEL BOSQUE

abía una vez un rey y una reina que estaban tan preocupados porque no tenían hijos, que habían probado de todo: hicieron promesas, peregrinajes, todo tipo de rezos, pero nada funcionaba. Sin embargo, por fin la reina quedó embarazada y dio a luz a una niña. Celebraron un gran bautizo, y la pequeña princesa tuvo como madrinas a todas las hadas que pudieron hallar en el país (encontraron siete), para que cada una de ellas le diera un don, como era costumbre entre las

hadas en aquel tiempo. Gracias a ello, la princesa tuvo todos los dones imaginables. Después de la ceremonia del bautismo, todo el mundo regresó al palacio del rey, donde se celebraba un gran festín para las hadas. Pusieron para cada una un cubierto magnífico, con un estuche de oro macizo, en cuyo interior había una cuchara, un tenedor y un cuchillo de oro fino engarzados con diamantes y rubíes. Cuando todo el mundo estaba sentado a la mesa, apareció de repente un hada vieja a la que no habían invitado porque hacía más de cincuenta años que no salía de su torre y creían que estaba muerta o encantada.

El rey pidió que le pusieran un cubierto, pero no fue posible darle un estuche de oro macizo, como a las otras, porque sólo se habían hecho siete para las siete hadas.

La vieja creyó que la despreciaban, y masculló algunas amenazas entre dientes. Una de las jóvenes hadas, que se encontraba cerca de ella, la oyó y, creyendo que podría darle algún don maléfico a la pequeña princesa, se levantó de la mesa y fue a esconderse detrás de las cortinas con el fin de hablar al último y reparar en lo posible el daño que la vieja pudiera hacer. Mientras tanto, las hadas empezaron a ofrecer sus dones a la princesa. La más joven le dio el don de ser la persona más bella del mundo; la siguiente, el espíritu de un ángel; la tercera le otorgó una gracia admirable en todo lo que hiciera; la cuarta le prometió que bailaría mejor que nadie; la quinta, que cantaría como un ruiseñor, y la sexta,

que tocaría todo tipo de instrumentos musicales a la
perfección. Cuando llegó el turno del hada vieja, ésta
exclamó, moviendo la cabeza más por despecho que
por vejez, que la princesa se pincharía la mano con un
huso, y moriría. Este terrible don estremeció a todo el
mundo, y todos se pusieron a llorar.

En ese momento, la joven hada que se había escondido salió de detrás de las cortinas y pronunció en voz alta estas palabras: "No se preocupen, sus majestades. Aunque, en efecto, no tengo suficiente poder para deshacer por completo el maleficio del hada vieja, su hija no morirá. La princesa se pinchará la mano con un huso; pero en lugar de morir, caerá en un profundo sueño que durará cien años, al cabo de los cuales el hijo de un rey vendrá a despertarla".

El rey, para tratar de evitar la desgracia anunciada por la vieja, hizo publicar enseguida un edicto en el cual prohibía terminantemente, so pena de muerte, hilar con el huso, así como tener husos en casa.

Pasó el tiempo y, después de quince o dieciséis años, un día en el que el rey y la reina se habían ido a una de sus mansiones de recreo, ocurrió que la joven princesa, que iba corriendo de habitación en habitación, subió hasta lo alto de un torreón y entró en un desván, donde una viejecita hilaba con su rueca. Esta buena mujer no había tenido ninguna noticia de las prohibiciones que hizo el rey de hilar con huso.

"¿Qué hace usted aquí, buena mujer?", preguntó la princesa. "Estoy hilando, mi niña", respondió la vieja, que no la conocía. "¡Oh! ¡Qué divertido es eso!", exclamó la princesa, "¿cómo lo hace? Déjeme ver si yo puedo hacerlo tan bien como usted". Nada más tocar el huso, tal como lo había dispuesto el hada, se pinchó la mano y cayó al suelo desvanecida. La vieja señora, terriblemente asustada, pidió socorro a gritos. Vino gente de todas partes, que intentó reanimar a la princesa. Le desataron el vestido, le frotaron las manos, le mojaron las sienes con agua de la reina de Hungría, pero nada la reanimaba.

Entonces el rey, que al enterarse de la noticia había regresado, se acordó de la predicción de las hadas y pensó que era inevitable que ocurriera aquello, puesto que ellas lo habían anunciado. Ordenó que pusieran a la princesa en la habitación más bonita del palacio, sobre una cama con sábanas bordadas en oro y plata. Tan bella estaba la princesa, que parecía un ángel; su desvanecimiento no la había privado del vivo color de su tez: sus mejillas seguían sonrosadas y sus labios eran como el coral; sólo tenía los ojos cerrados, pero se la oía respirar suavemente, lo cual demostraba que no estaba muerta. El rey ordenó que la dejaran dormir hasta que llegara el día de su despertar.

El hada buena, que le había salvado la vida al condenarla a dormir durante cien años, se encontraba en el reino de Mataquino, a doce mil leguas del palacio, cuando ocurrió el accidente de la princesa. Se enteró enseguida, por un enanito que llevaba unos botas de siete leguas (unas botas con las que se podían recorrer siete leguas de una sola zancada). El hada se dirigió inmediatamente hacia el palacio, donde llegó en una hora en un carruaje de fuego conducido por dragones. El rey salió a recibirla y la ayudó a bajar del carruaje. Le pareció bien todo lo que el rey había hecho, pero como era muy previsora, pensó que cuando la princesa se despertara, estaría muy confundida al encontrarse completamente sola en ese viejo castillo. Por ello, tocó con su varita todo lo que había en el castillo (excepto al rey y a la reina): amas de llaves, damas de honor, ayudas de cámara, caballeros, oficiales, jefes de cocina, cocineros, lacayos... También tocó con su varita a todos los caballos que había en las cuadras, con los mozos de caballerías, los grandes mastines de corral y la pequeña Fifí, la perrita de la princesa, que estaba a su lado, sobre la cama.

En cuanto los tocó, todos se quedaron dormidos y sólo despertarían cuando lo hiciese también su señora. Así podrían estar listos para servirla cuando ella lo necesitara; incluso las brochetas que había en el fuego llenas de perdices y de faisanes, quedaron aletargadas.

Todo esto se hizo en un momento, ya que las hadas no son nada lentas haciendo su trabajo. Entonces el rey y la reina, después de besar a su querida hija sin que se despertara, salieron del castillo e hicieron publicar un bando con la prohibición de acercarse. En realidad, esta prohibición no era necesaria, puesto que en un cuarto de hora creció alrededor de los jardines que rodeaban el castillo una gran cantidad de árboles, zarzas y espinos entrelazados entre sí, de tal modo que no había animal ni persona que pudiera atravesarlos a tal punto que sólo se veía, y desde muy lejos, la punta de las torres del castillo. Sin duda, el hada había hecho su trabajo a la perfección.

Al cabo de cien años, el hijo del rey que reinaba entonces, y que no era de la misma familia que la princesa dormida, fue a cazar por los alrededores del castillo y preguntó qué eran aquellas torres que se veían por encima de un espeso bosque. Cada uno le respondía según lo que había oído decir. Unos aseguraban que se trataba de un viejo castillo donde había espíritus; otros, que todas las brujas de la comarca celebraban allí sus reuniones.

La opinión más extendida era que en el castillo vivía un ogro que se llevaba allí a todos los niños que

podía atrapar para comérselos tranquilamente, y sin que lo siguieran
porque era el único que podía
atravesar el bosque. El príncipe no sabía a quién creer,
cuando un viejo campesino
tomó la palabra y le dijo:
"Príncipe, hace más de cincuenta

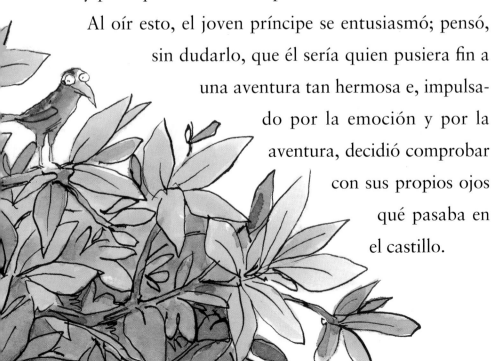

años que oí decir a mi padre que en ese castillo había
una princesa, la más bella princesa del mundo, que debía dormir cien años, y que la despertaría el hijo de un
rey para quien ella estaba predestinada".

Al oír esto, el joven príncipe se entusiasmó; pensó,
sin dudarlo, que él sería quien pusiera fin a
una aventura tan hermosa e, impulsa-
do por la emoción y por la
aventura, decidió comprobar
con sus propios ojos
qué pasaba en
el castillo.

Apenas avanzaba por el bosque, cuando todos aquellos árboles, zarzas y espinos se apartaron por sí solos para dejarlo pasar. Se dirigió hacia el castillo, que veía a lo lejos, al final de una gran avenida, y lo que le sorprendió fue que ninguna de las personas que iban con él pudo seguirlo porque en cuanto él pasó entre los árboles, éstos volvieron a cerrarse.

Pero no se desvió de su camino; un príncipe joven y enamorado tiene que ser valiente. Entró en un gran patio donde vio una escena capaz de paralizar de miedo a cualquiera: un silencio sepulcral lo invadía todo y la imagen de la muerte aparecía con cuerpos tendidos de hombres y animales que yacían por doquier.

Sin embargo, al ver la nariz inflamada y la cara enrojecida de uno de los guardias, se dio cuenta de que sólo estaban dormidos, y sus copas, en las que aún quedaban algunas gotas de vino, eran la prueba de que se habían dormido mientras bebían. Atravesó otro gran patio de mármol, subió por la escalinata, entró en la sala de los guardias, que estaban en fila con la carabina sobre el hombro, roncando. Atravesó varias habitaciones llenas de caballeros y damas que dormían los unos sobre los otros, algunos de pie y otros sentados, y entró en una habitación completamente dorada, donde descubrió sobre una cama con las cortinas abiertas por los cuatro lados, el espectáculo más bello que jamás hubieran visto sus ojos: una princesa de unos quince años, cuyo brillo resplandeciente tenía algo de mágico y divino.

Se acercó, tembloroso y admirado, y se arrodilló ante ella.

En ese instante, como ya había llegado el final del encantamiento, la princesa despertó y le dijo con unos ojos tan tiernos que parecía que ya lo conocía: "¿Eres tú mi príncipe?, ¡cuánto te has hecho esperar!". El príncipe, encantado al oír esas palabras y más aún, de la manera como habían sido pronunciadas, no sabía cómo manifestarle su alegría y gratitud; le aseguró que la amaba más que a sí mismo. Hablaban a trompicones y lloraban, manifestando poca elocuencia y mucho amor. Él estaba más turbado que ella, y no era de extrañar, ya que ella había tenido mucho tiempo para soñar e imaginar lo que tendría que decirle, puesto que al parecer (aunque la historia no dice nada al respecto) el hada buena le había otorgado, durante un sueño tan largo, el placer de tener unos sueños agradables. Pasaron más de cuatro horas hablando y aún no se habían dicho ni la mitad de las cosas que tenían que decirse.

Mientras tanto, todo el palacio se había despertado al mismo tiempo que la princesa, cada uno quería cumplir con su cometido, y como no todos estaban enamorados, tenían muchísima hambre; la dama de honor, tan apurada como los demás, se impacientó y dijo en voz alta a la princesa que la carne ya estaba servida. El príncipe ayudó a levantarse a la princesa;

estaba perfectamente vestida, y
muy elegante; pero al príncipe ni
se le ocurrió decirle que en realidad
iba vestida como su abuela, un
tanto anticuada, porque a pesar
de todo estaba bellísima. Pasaron al salón de los espejos,
donde cenaron atendidos
por los sirvientes de la princesa.

Los violines y los oboes entonaron obras excelentes,
a pesar de que hacía cerca de cien años que no se to-
caban; y después de cenar, sin perder tiempo, el capel-
llán los casó en la capilla del castillo y la dama de honor les llevó el velo. Durmieron poco, porque la
princesa apenas tenía sueño, y el príncipe la tuvo que
dejar por la mañana para volver a la ciudad, pues su
padre debía de estar preocupado por él. El príncipe le
contó que mientras cazaba se había perdido en el bosque, y había pasado la noche en la cabaña de un car-
bonero que le dio para comer pan negro con queso.

Su padre, el rey, que era un hombre bueno, le creyó, pero su madre no quedó del todo convencida, y al ver que se iba de caza casi todos los días, y que siempre encontraba alguna razón para justificarse cuando pasaba dos o tres noches fuera de casa, estaba convencida de que tenía algún amorío. Así vivió con la princesa más de dos años enteros y tuvieron dos hijos: el primero, una niña, a la que llamaron Aurora, y el segundo, un hijo al que llamaron Octavio, que era tan hermoso como su hermana. La reina le preguntó varias veces a su hijo adónde iba, pero él nunca se atrevió a confiar su secreto a su madre, ya que,

a pesar de que la amaba, le temía por su carácter fiero e indómito (de hecho, el rey se casó con ella sólo por sus bienes). Incluso se rumoreaba en la corte que tenía inclinaciones de ogro y que al ver pasar a los niños pequeños hacía grandes esfuerzos para no lanzarse sobre ellos, de modo que  el príncipe nunca quiso decirle nada. Pero cuando murió el rey, cosa que ocurrió al cabo de dos años, el príncipe se vio como el señor del castillo, anunció su matrimonio públicamente, y fue a buscar a su mujer, la reina. Se le tributó una magnífica bienvenida en la ciudad, donde entró con sus dos hijos.

Poco tiempo después, el rey fue a hacer la guerra con su vecino, el emperador Condecolina. Dejó la regencia de su reino en manos de la reina madre, a quien le pidió que cuidara a su mujer y a sus hijos. Permanecería en la guerra durante todo el verano. Después de su partida, la reina madre envió a su hija política y a sus nietos a una casa de campo en el bosque para poder saciar tranquilamente su capricho. Unos días después fue a la casa, y una noche le dijo al jefe de cocina: "Mañana para mi cena quiero a la pequeña Aurora". "¡Pero, señora!", exclamó el jefe de cocina. "Es lo que quiero", respondió la reina (y también le dijo con el tono de un ogro que tenía ganas de comer carne fresca), y "me la quiero comer con salsa de champiñones". El pobre hombre, dándose cuenta de que no podía desobedecer a un ogro, tomó su cuchillo y subió a la habitación de la pequeña Aurora. La niña, que tenía cuatro años, se le acercó saltando y riendo, abrazándolo y pidiéndole un caramelo.

El cocinero empezó a llorar y, muy triste, bajó al patio a cortar el cuello a un corderito, y lo preparó con una salsa tan sabrosa que su señora le aseguró que jamás había comido nada tan bueno. Después, llevó a la pequeña Aurora hasta donde estaba su esposa y le pidió que la escondiera en la vivienda que tenían en el fondo del patio.

Ocho días después, la malvada reina dijo a su jefe de cocina: "Para cenar quiero comer al pequeño Octavio". No respondió nada, porque estaba decidido a engañarla como la primera vez. Fue a buscar al pequeño Octavio y lo encontró con una espada en la mano, jugando con un gran simio de peluche; sólo tenía tres años. Se lo llevó a su mujer, quien lo escondió junto a la pequeña Aurora. Le ofreció a la reina un pequeño cabrito muy tierno, en lugar del niño, que la ogresa encontró excelente.

Todo había ido muy bien hasta entonces, pero una noche esta malvada reina le dijo al jefe de cocina: "Quiero comerme a la reina con la misma salsa que a sus hijos". Fue entonces cuando el jefe de cocina temió no poder seguir engañándola. La joven reina tenía veinte años, sin contar con los cien años que había pasado dormida, así que su piel era un poco dura, aunque tersa y blanca; ¿cómo iba a encontrar en el corral un animal tan duro? Tomó una decisión: para salvar su propia vida, le cortaría la garganta a la reina. Subió a las habitaciones de la joven con la intención de acabar de una vez. Entró muy nervioso y con el puñal en la mano pero, como no quería sorprenderla, le comunicó con mucho respeto la orden que había recibido de la reina madre. "Cumpla con su deber", le dijo ofreciéndole su cuello, "ejecute la orden que se le ha dado, así me reuniré con mis hijos, mis pobres hijos que tanto he amado". La joven reina los creía muertos desde el momento en que se los quitaron.

"No, no, señora", le respondió el pobre jefe de cocina muy enternecido, "usted no morirá de ningún modo y se reunirá con sus queridos hijos, pero será en mi casa, donde los he escondido. Yo volveré a engañar a la reina haciéndole comer una joven cierva en su lugar". Enseguida se la llevó a su casa, donde la dejó abrazando a sus hijos y llorando con ellos mientras él iba a preparar una cierva; la reina se la comió para cenar con el mismo apetito que si se tratase de la joven reina. Estaba muy contenta y decidió decirle al rey, cuando volviera, que unos lobos rabiosos se habían comido a su mujer, la reina, y a sus hijos.

Una tarde, mientras merodeaba como de costumbre por los patios del castillo para olfatear algo de carne fresca, escuchó en una de las salas al pequeño Octavio que lloraba porque su madre, la reina, lo regañaba por haberse portado muy mal, y también escuchó a la pequeña Aurora que pedía perdón para su hermano. La ogresa reconoció la voz de la reina y de sus hijos y, furiosa por haber sido engañada, ordenó, con una voz terrorífica que hizo temblar a todo el mundo, que al día siguiente por la mañana se pusiera en medio del patio una gran cuba llena de sapos, víboras, culebras y serpientes, en la que echarían a la reina y a sus hijos, al jefe de cocina, a su mujer y a su sirviente. Y añadió que los llevaran con las manos atadas a la espalda.

Cuando ya estaban todos en el patio, y los verdugos se disponían a lanzarlos dentro de la cuba, el rey, a quien no se esperaba tan pronto, entró montando su caballo. Al ver aquello, preguntó extrañado qué era aquel espectáculo horrible. Nadie se atrevía a contárselo. Entonces la ogresa, enfurecida por la situación, se lanzó a la cuba y fue devorada por las bestias que ella misma ordenó poner dentro. El rey estaba muy disgustado porque al fin y al cabo era su madre, pero pronto encontró consuelo en su bella mujer y en sus hijos.

EL GATO CON BOTAS

abía una vez un molinero que, al morir, sólo les dejó a sus tres hijos su molino, su asno y su gato. El reparto se hizo rápidamente, no hizo falta ni notario ni procurador: el molino fue para el hijo mayor, para el segundo el asno, y el tercero se tuvo que conformar con el gato.

Este último estaba muy triste por haber recibido una herencia tan pobre. "Mis hermanos", decía, "podrán ganarse la vida honestamente trabajando juntos; en cambio, cuando yo me haya comido al gato y me haya hecho un manguito con su piel, me moriré de hambre."

El gato, que oyó sus palabras pero lo disimulaba, le dijo con un tono tranquilo y serio: "No se preocupe, mi señor; sólo tiene que darme un saco y hacerme un par de botas para andar por la maleza. Ya verá cómo el reparto no ha sido tan malo para usted".

A pesar de que el dueño del gato no estaba muy seguro de ello, lo había visto hacer piruetas con tanta agilidad para atrapar a las ratas y los ratones, colgándose de los pies o escondiéndose en la harina para hacerse el muerto, que no perdió la esperanza de poder salir de su miseria.

Cuando el gato tuvo lo que había pedido, se puso las botas, agarró el saco con las dos patas delanteras, se lo echó al cuello y se fue a un coto donde había muchos conejos. Metió salvado y cardos en el saco y se recostó como si estuviera muerto a la espera de que algún joven conejo, poco habituado todavía a las artimañas de este mundo, viniera a meterse en su saco para comer lo que había en él.

En cuanto se recostó obtuvo su premio: un joven y distraído conejo entró en su saco, y el señor gato, tirando rápidamente de los cordones, lo atrapó y lo mató.

Orgulloso de su proeza, fue al castillo del rey y le pidió audiencia. Le permitieron que subiera a los aposentos de su majestad; al entrar hizo una gran reverencia al rey diciéndole: "Aquí le traigo, señor, un conejo del monte que el señor marqués de Carabás (era el nombre que se le había ocurrido dar a su señor) me ha encargado le ofrezca de su parte". "Dile a tu señor", respondió el rey, "que se lo agradezco y que me ha gustado mucho".

En otra ocasión, fue a esconderse a un campo de trigo, otra vez con su saco abierto, y cuando entraron en él dos perdices, tiró de las cuerdas y las atrapó a las dos. Después, fue a ofrecérselas al rey como había hecho con el conejo del monte. El rey volvió a aceptar con mucho gusto las dos perdices, y le ofreció algo de beber.

El gato siguió así durante dos o tres meses, llevando de vez en cuando al rey piezas de caza de parte de su señor.

Un día se enteró de que el rey iba a salir a dar un paseo por la orilla del río con su hija, la princesa más bella del mundo, y le dijo a su señor: "Si quiere seguir mi consejo, ha llegado su momento de suerte: sólo tiene que bañarse en el río, en el lugar que yo le señale, y después dejar que yo actúe".

El marqués de Carabás hizo lo que su gato le aconsejaba, sin saber para qué serviría.

Mientras se estaba bañando, el rey pasó por allí y el gato se puso a gritar con todas sus fuerzas: "¡Socorro! ¡Socorro! ¡Mi amo, el marqués de Carabás, se está ahogando!".

Al oír esos gritos, el rey miró para ver qué pasaba y, al reconocer al gato que tantas veces le había llevado piezas de caza, ordenó a sus guardias que fueran rápidamente a socorrer al marqués de Carabás.

Mientras sacaban al falso marqués del río, el gato se acercó a la carroza y le dijo al rey que mientras su señor se bañaba, llegaron unos ladrones y, a pesar de que él gritó con todas sus fuerzas "¡al ladrón!", se llevaron toda su ropa: El minino la había escondido debajo de una enorme piedra. Inmediatamente, el rey ordenó a sus sirvientes que fueran a buscar uno de sus mejores trajes para el marqués de Carabás.

El rey lo atendió con mucho cariño, y como con el traje que le acababa de dar tenía muy buen aspecto (ya que era apuesto y muy bien formado), a la hija del rey le gustó mucho, y en cuanto el marqués de Carabás le dirigió dos y tres miradas respetuosas y un poco tiernas, ella se enamoró locamente.

El rey quiso que subiera a su carroza y que siguiera el paseo con ellos. El gato, encantado de ver que su plan empezaba a funcionar, les tomó la delantera y les dijo a unos campesinos que segaban un enorme campo de trigo: "Buena gente, si no le dicen al rey que el campo de trigo que están segando pertenece al marqués de Carabás, los haré picadillo".

Al pasar por allí, el rey les preguntó de quién era el campo que estaban segando. "Es del señor marqués de Carabás", dijeron todos a la vez, acordándose de la amenaza que les había hecho el gato.

"Tiene usted aquí una buena herencia", le dijo el rey al marqués de Carabás.

"Ya ve, señor", respondió el marqués, "es un campo que da abundante trigo todos los años".

El gato, que iba siempre por delante, se encontró a unos recolectores y les dijo: "Buena gente, si no le dicen al rey que todo este trigo que están cosechando pertenece al marqués de Carabás, los haré picadillo".

El rey, que pasó por allí al poco tiempo, quiso saber a quién pertenecía todo ese trigo.

"Es del marqués de Carabás", respondieron los recolectores. Y el rey volvió a regocijarse con el marqués.

El gato, que iba adelante de la carroza, siempre decía lo mismo a todo el que encontraba, y el rey estaba impresionado al conocer todos los bienes del señor marqués de Carabás.

Por fin, el señor gato llegó a un hermoso castillo cuyo dueño era un ogro muy rico, puesto que todas las tierras por las que el rey había pasado le pertenecían. El gato tuvo la precaución de indagar quién era ese ogro y qué sabía hacer, y pidió audiencia con él, diciendo que ya que pasaba tan cerca de su castillo, le gustaría tener el honor de saludarlo.

El ogro lo recibió tan amablemente como puede hacerlo un ogro, y le pidió que tomara asiento.

"Me han asegurado", dijo el gato, "que usted tiene el don de convertirse en cualquier tipo de animal y que, por ejemplo, podría transformarse en un león o en un elefante".

"Es cierto", respondió el ogro bruscamente, "y para demostrárselo, me convertiré en león".

El gato se asustó tanto al ver un león, que saltó hasta el tejado, lo cual era bastante peligroso, ya que sus botas no servían para caminar sobre las tejas.

Un poco más tarde, cuando el gato vio que el ogro ya había abandonado la forma de león, volvió a acercarse y le confesó que había sentido mucho miedo. "También me han asegurado", dijo el gato, "aunque no puedo creérmelo, que posee asimismo la facultad de convertirse en el más pequeño de los animales; por ejemplo, que puede transformarse en un ratón, aunque ya le digo que eso me parece completamente imposible".

"¿Imposible?", replicó el ogro, "ahora verá", y en ese mismo momento se convirtió en un ratón que se puso a correr por el suelo.

En cuanto lo vio, el gato se lanzó sobre él y se lo comió.

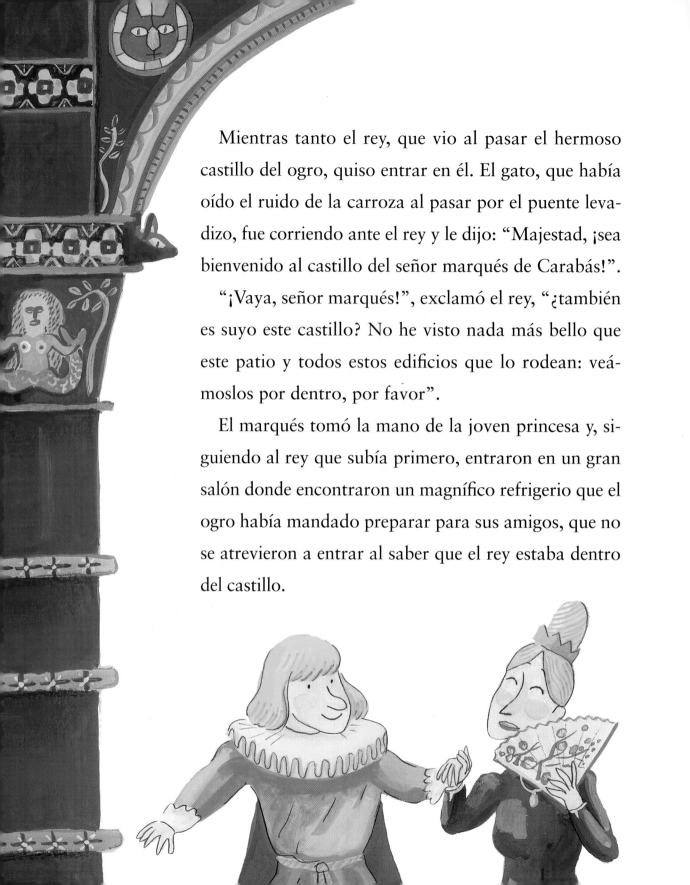

Mientras tanto el rey, que vio al pasar el hermoso castillo del ogro, quiso entrar en él. El gato, que había oído el ruido de la carroza al pasar por el puente levadizo, fue corriendo ante el rey y le dijo: "Majestad, ¡sea bienvenido al castillo del señor marqués de Carabás!".

"¡Vaya, señor marqués!", exclamó el rey, "¿también es suyo este castillo? No he visto nada más bello que este patio y todos estos edificios que lo rodean: veámoslos por dentro, por favor".

El marqués tomó la mano de la joven princesa y, siguiendo al rey que subía primero, entraron en un gran salón donde encontraron un magnífico refrigerio que el ogro había mandado preparar para sus amigos, que no se atrevieron a entrar al saber que el rey estaba dentro del castillo.

No sólo el rey estaba encantado con las cualidades del marqués de Carabás; también su hija, quien además estaba loca por él. Así, al ver todos los bienes que poseía, el soberano le dijo, después de haber bebido un poco: "Sólo usted, señor marqués, podría ser mi yerno".

El marqués aceptó con grandes reverencias el honor que le proponía el rey, y ese mismo día contrajo matrimonio con la princesa. El gato se convirtió en un gran señor y ya no tuvo que correr detrás de los ratones más que por pura diversión.

PULGARCITO

Había una vez un leñador y una leñadora que tenían siete hijos, todos ellos varones. El mayor tenía diez años y el más joven, siete. Parecerá curioso que engendraran tantos hijos en tan poco tiempo, pero es que la señora daba a luz por lo menos dos cada vez. Eran muy pobres, y sus siete hijos representaban una gran carga para ellos, ya que ninguno podía ganarse la vida aún. Además, los entristecía que el más joven fuera muy delicado y que no hablara casi nada. Ellos pensaban que tenía algún problema, pero en realidad era un indicio de grandeza de espíritu.

Era muy pequeñito, y cuando nació no era mucho más grande que un pulgar, por eso lo llamaban *Pulgarcito*. Este pobre niño era la víctima de la casa, y siempre le quitaban la razón en todo. Sin embargo, era el más inteligente y espabilado de todos los hermanos, y si bien hablaba poco, escuchaba mucho.

Hubo un año muy malo, la hambruna fue tan grande que esta pobre gente tuvo que tomar la decisión de deshacerse de sus hijos.

Una noche, cuando los niños dormían, el leñador, que estaba sentado al lado de su mujer, le dijo con el corazón roto de dolor: "Como ves, ya no podemos alimentar a nuestros hijos; no podría verlos morir de hambre, así que estoy decidido a llevarlos mañana al bosque y abandonarlos allí. No será muy difícil, mientras recogen leña, nos iremos sin que nos vean".

"¡Ay!", exclamó la leñadora, "¿serías capaz de abandonar a tus hijos?".

Por más que su marido le hacía ver su enorme pobreza, ella no lo entendía, era pobre, pero era su madre. Sin embargo, después de reflexionar sobre el inmenso dolor que le produciría verlos morir de hambre, no tuvo más remedio que aceptarlo, y se acostó llorando. Pulgarcito escuchó todo lo que sus padres decían, ya que al oírlos murmurar desde su cama, se levantó con mucho cuidado y se deslizó por debajo de la silla de su padre.

Se despertó muy temprano, se fue a la orilla de un arroyo, donde llenó sus bolsillos con pequeñas piedras blancas, y después volvió a su casa. Salieron todos, y Pulgarcito no les dijo nada de lo que sabía a sus hermanos. Fueron a un bosque tan espeso que no se podían ver unos a otros a más de diez pasos. El leñador empezó a cortar leña y sus hijos a recoger los manojos para formar haces. El padre y la madre, al verlos ocupados, se alejaron de ellos poco a poco, y después huyeron a toda prisa por un sendero apartado. Cuando sus hijos se vieron solos, comenzaron a gritar y a llorar con todas sus fuerzas.

Pulgarcito dejó que lloraran y gritaran,
pues sabía cómo volver a casa: Cuando
iban hacia el bosque había dejado caer a lo
largo del camino las piedras blancas que llevaba en los bolsillos. Por ello les dijo: "No se
preocupen, nuestros padres nos han dejado
aquí, pero yo los llevaré de vuelta a casa, sólo
tienen que seguirme". Así lo hicieron y él los llevó a casa por el mismo camino por el que llegaron
al bosque. Al principio, no se atrevían a entrar, así
que todos se pegaron a la puerta para escuchar lo que
decían sus padres.

Cuando el leñador y la leñadora llegaron a su casa, el señor del pueblo les envió diez monedas que les debía desde hacía mucho tiempo y que ya habían dado por perdidas. Eso les devolvió a la vida, ya que los pobres se morían de hambre. El leñador mandó a su mujer a la carnicería. Como hacía mucho tiempo que no había comido, compró tres veces más carne de la que hacía falta para la cena de dos personas. Cuando ya estaban saciados, la leñadora dijo: "¡Qué pena! ¿Dónde estarán ahora nuestros pobres hijos? Darían buena cuenta de lo que queda aquí. Además, Guillermo, has sido tú el que quiso abandonarlos, ya te dije que nos arrepentiríamos. ¿Qué van a hacer ahora en el bosque? ¡Qué horror, Dios mío! Probablemente se los

hayan comido los lobos. ¡No tienes corazón si has podido abandonar así a tus hijos!" Al final, el leñador se puso nervioso, porque su mujer repitió más de veinte veces que se arrepentirían y que ya lo había dicho ella.

No es que el leñador no estuviera preocupado, y quizá más que su mujer, pero la cabeza estaba a punto de estallarle, y además, como muchas otras personas, apreciaba mucho a las mujeres que decían lo que había que decir pero encontraba muy inoportunas a las que siempre repetían que ya lo habían dicho. La leñadora no paraba de llorar: "¡Qué desgracia! ¿Dónde están ahora mis hijos, mis pobres hijos?"

Una vez lo dijo tan alto que los niños, que estaban en la puerta, al oírla empezaron todos a gritar: "Estamos aquí, estamos aquí". Ella fue corriendo a abrir la puerta, y les dijo mientras los abrazaba: "¡Qué contenta estoy de verlos, mis queridos hijos! Están muy cansados y tienen mucha hambre; y tú, Pedrito, estás lleno de barro, ven a bañarte". Pedrito era su hijo mayor, a quien quería más que a los demás porque era pelirrojo, igual que ella. Se sentaron a la mesa y comieron con gran apetito mientras contaban a sus padres el miedo que habían pasado en el bosque, hablando casi todos a la vez.

Esta buena gente estaba feliz de volver a tener a sus hijos con ellos, pero esta felicidad sólo les duró el tiempo que duraron las diez monedas.

Así, cuando se les acabó el dinero, volvieron a caer en la misma pena que antes y tomaron otra vez la decisión de abandonarlos, y para no fallar en el intento, pensaron llevarlos mucho más lejos que la primera vez.

Aunque hablaron de ello en secreto, Pulgarcito volvió a oírlo todo y pensó que haría lo mismo que la primera vez. Pero aunque se levantó de madrugada para recoger las piedrecitas, no pudo salir porque se encontró la puerta de casa cerrada con llave.

No sabía qué hacer, y pensó que como el leñador les daba un trozo de pan a cada uno para el desayuno, podría utilizar su pan en lugar de las piedrecitas para marcar el camino: tiraría miguitas de pan a lo largo de todo el camino, así que lo guardó en su bolsillo.

El padre y la madre los condujeron al lugar más espeso y oscuro del bosque, y cuando ya estaban allí, buscaron un camino oculto y los abandonaron. Pulgarcito no se preocupó demasiado, porque pensó que podría encontrar fácilmente el camino de vuelta gracias a las migas de pan que había sembrado durante todo el recorrido; pero su gran sorpresa fue que no pudo encontrar ni una sola miga, porque los pájaros se las habían comido todas. Estaban totalmente desesperados, porque cuanto más caminaban más se apartaban del camino correcto y más se introducían en el bosque. Además, llegó la noche y se levantó un gran viento que les daba un miedo espantoso.

Creían escuchar por todas partes aullidos de lobos que venían a comérselos. Casi no se atrevían a hablar ni a mover la cabeza. Se desató una tormenta que les caló hasta los huesos. A cada paso que daban se resbalaban y caían en el barro, de donde salían completamente sucios. Pulgarcito trepó a lo alto de un árbol para ver si descubría algo. Girando la cabeza en todas direcciones divisó una pequeña luz, como si fuera una vela, pero que estaba muy lejos, más allá del bosque. Bajó del árbol, pero cuando estaba en tierra ya no veía nada, y eso lo angustió.

Sin embargo, después de caminar durante bastante tiempo con sus hermanos hacia el lugar donde había visto la luz, volvió a verla al salir del bosque. Llegaron por fin a la casa de la vela, aunque pasaron mucho miedo porque a menudo la perdían de vista, sobre todo cuando bajaban a un valle. Llamaron a la puerta y una buena mujer les abrió. Les preguntó qué querían, y Pulgarcito le dijo que eran unos pobres niños que se habían perdido en el bosque y que, por caridad, le pedían una cama para acostarse. La mujer, al verlos, empezó a llorar y les dijo: "¡Ay, mis pobres niños!, ¿de dónde vienen? ¿No saben que esta es la casa de un

ogro que se come a los niños pequeños?". "Ay, señora", le respondió Pulgarcito, que no paraba de temblar
al igual que sus hermanos, "¿qué vamos a hacer? Seguro que esta misma noche nos comerán los lobos del
bosque si usted no quiere acogernos en su casa. Y en
estas condiciones, preferimos que sea el señor ogro
quien nos coma; puede que sienta piedad por nosotros,
si usted se lo ruega". La mujer del ogro, que creyó que
podría esconderlos de su marido hasta la mañana siguiente, los dejó entrar y los llevó a calentarse cerca
de la chimenea, donde se estaba asando un cordero
entero para la cena.

Cuando ya empezaban a calentarse, oyeron cómo llamaban a la puerta con tres o cuatro golpes fuertes; era el ogro, que volvía a casa. Rápidamente, su mujer los escondió debajo de la cama y fue a abrir la puerta. El ogro preguntó enseguida si la cena estaba lista y si había vino, e inmediatamente se sentó a la mesa. El cordero estaba todavía crudo, pero a él le pareció mejor así. Olfateaba a diestra y siniestra diciendo que olía a carne fresca. "Seguramente", le decía su mujer, "debe de ser este ternero que acabo de preparar".

"Te repito que yo huelo a carne fresca", replicó el ogro mirando a su mujer de reojo, "no entiendo".

Nada más decir esas palabras, se levantó de la mesa y se fue directo a la cama. "Ay", dijo, "me parece que me quieres engañar, maldita mujer. No sé por qué no te como a ti también". Entonces descubrió a los niños debajo de la cama.

Los pobres niños le pidieron perdón de rodillas, pero como era el ogro más cruel del mundo, lejos de sentir misericordia, los devoraba con los ojos y le decía a su mujer que estarían muy apetitosos cuando los hubiera preparado con una buena salsa.

Tomó un gran cuchillo que afilaba con una piedra larga, mientras se acercaba a los pobres niños. Ya había atrapado a uno, cuando su mujer le dijo: "¿Qué vas a hacer a estas horas? Ya tendrás tiempo mañana por la mañana de hacer este trabajo". "Cállate", replicó el ogro, "estarán más suaves". "Pero todavía tienes aquí tanta carne... Mira: un ternero, dos corderos y la mitad de un cerdo", respondió su mujer. "Tienes razón", respondió el ogro, "dales una buena cena para que no adelgacen, y acuéstalos en la cama". La buena mujer se puso muy contenta y les preparó una cena buenísima, aunque ellos apenas comieron del miedo que tenían. El ogro, por su parte, se puso a beber, muy contento porque tenía buena carne para sus invitados. Bebió una docena de copas más que de costumbre, así que el vino se le subió a la cabeza y tuvo que acostarse.

El ogro tenía siete hijas que todavía eran unas niñas. Estas pequeñas ogresas tenían un color de tez
muy bonito porque comían carne fresca como su
padre; tenían unos ojitos grises y redondos, la nariz
corva y una boca grande y fuerte con dientes largos y
afilados y muy separados unos de otros. Todavía no
eran malvadas pero ya mordían a los niños pequeños
para chuparles la sangre.

Aquella noche las habían acostado muy temprano,
las siete en una cama muy grande con una corona de
oro sobre la cabeza de cada una.

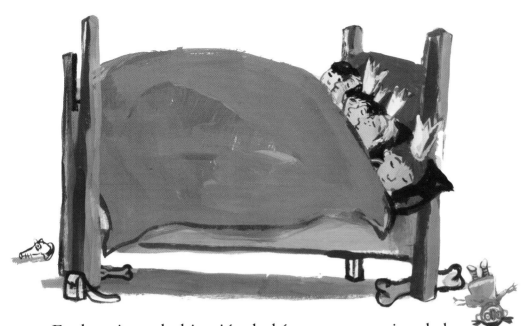

En la misma habitación había otra cama igual de grande, en la cual la mujer del ogro acostó a los siete niños. Después, fue a acostarse al lado de su marido. Pulgarcito, que se había dado cuenta de que las hijas del ogro llevaban coronas de oro en la cabeza y que temía que el ogro se arrepintiera de no haberlos degollado esa misma noche, se levantó a medianoche, tomó los sombreros de sus hermanos y el suyo y los puso con mucho cuidado en las cabezas de las siete hijas del ogro, a las que había quitado sus coronas de oro para ponerlas en las cabezas de sus hermanos y en la suya propia, con el fin de que el ogro creyera que ellos eran sus hijas y que sus hijas eran los niños que él quería degollar.

Todo ocurrió como él lo había previsto. El ogro se despertó por la noche y se arrepintió de haber dejado para el día siguiente lo que podía haber hecho la víspera, de modo que se levantó bruscamente de la cama y tomó su gran cuchillo: "Vamos a ver", dijo, "cómo están estos pequeños bribones".

Subió a tientas a la habitación de sus hijas y se acercó a la cama donde estaban los muchachos: todos dormían menos Pulgarcito, que tuvo mucho miedo cuando sintió que la mano del ogro le tocaba la cabeza como lo había hecho con las de sus hermanos. El ogro sintió las coronas de oro: "Realmente", dijo, "iba a

hacer una barbaridad. Ya veo que ayer por la noche
bebí demasiado." Después fue a la cama de sus hijas,
donde palpó los pequeños sombreros de los chicos:
"¡Vaya, vaya!", exclamó, "¡aquí están estos pájaros!
Vamos a trabajar". Y mientras pronunciaba estas palabras, cortó sin vacilar la garganta a sus siete hijas.
Satisfecho de su hazaña, volvió a acostarse al lado de
su mujer. En cuanto Pulgarcito oyó roncar al ogro,
despertó a sus hermanos y les dijo que se vistieran rápidamente y que lo siguieran. Bajaron al jardín sin
hacer ruido, y saltaron por encima de las murallas.

Corrieron toda la noche, sin
dejar de temblar y sin saber
adónde iban.

Al despertar, el ogro dijo a su esposa: "Ve arriba a preparar a esos pequeños bribones de ayer por la noche". La mujer, extrañada de la bondad de su marido, creyó que le ordenaba que los fuera a vestir. Subió y se quedó horrorizada al ver a sus siete hijas degolladas, nadando en su propia sangre. Entonces se desmayó. El ogro, viendo que su mujer tardaba demasiado en hacer lo que le había encargado, subió para ayudarla. Se quedó tan extrañado como su mujer cuando vio aquel horrible espectáculo. "¡Oh! ¿Qué he hecho?", exclamó, "me las pagarán esos desdichados, y ahora mismo". Rápidamente, vació un jarro de agua sobre la cara de su mujer y cuando ésta volvió en sí, le dijo: "Rápido, dame mis botas de siete leguas para que vaya a atraparlos".

Salió al campo y, después de correr durante mucho tiempo en todas direcciones, encontró finalmente el camino por el que iban los pobres niños, que ya estaban a unos cien pasos de la casa de sus padres.

Vieron al ogro que iba de montaña en montaña, atravesando los ríos como si fueran pequeños arroyos. Pulgarcito encontró una roca hueca cerca del lugar donde estaban, y mandó a sus seis hermanos que se escondieran dentro y él hizo lo mismo, sin dejar de observar al ogro. El ogro, que estaba muy cansado por el largo camino que había recorrido inútilmente (porque las botas de siete leguas cansan mucho a quien las

calza), quiso detenerse un rato a descansar y, casualmente, fue a recostarse sobre la roca donde estaban escondidos los pequeños.

Como no podía más del cansancio, se quedó dormido y empezó a roncar tan estruendosamente que los pobres niños sintieron el mismo miedo que cuando sostenía su enorme cuchillo para cortarles la garganta. Pulgarcito, que era el que menos miedo tenía, propuso a sus hermanos que salieran corriendo hacia su casa mientras el ogro dormía, y que no se preocuparan por él. Siguieron su consejo, y rápidamente llegaron a casa.

Pulgarcito se acercó al ogro, le quitó las botas con mucho cuidado e inmediatamente se las puso. Las botas eran muy grandes y muy anchas, pero como eran mágicas, tenían la facultad de agrandarse o empequeñecerse según el pie de quien las calzaba, de manera que quedaron tan perfectas como si las hubieran hecho para él. Fue directamente a casa del ogro, donde encontró a la mujer de éste llorando al lado de las niñas degolladas. "Su marido", le dijo Pulgarcito, "está en peligro; fue capturado por una banda de ladrones que juraron matarlo si no les daba todo su oro y todo su dinero. En el momento en que lo amenazaban con un puñal en la garganta, me vio y me rogó que viniera a advertirle de lo que pasaba, y que le pidiera que me diera todo lo que tiene de valor, sin quedarse con nada, porque de lo contrario, lo matarán sin piedad. Como el asunto era muy urgente, quiso que me pusiera sus botas de siete leguas para que pudiera venir rápidamente y también para que usted no creyera que soy un mentiroso".

La buena mujer, muy asustada, le dio inmediatamente todo lo que tenía. De este modo, Pulgarcito, cargado con los bienes del ogro, se dirigió a toda prisa a casa de sus padres, quienes lo recibieron con mucha alegría.

Muchas personas no están de acuerdo con este último suceso; creen que Pulgarcito jamás robó nada al ogro, sino que simplemente le quitó sus botas de siete leguas para salir corriendo a toda prisa tras sus hermanos.

Estas personas aseguran saberlo de buena fuente, incluso por haber bebido y comido en la casa del leñador. Aseguran que cuando Pulgarcito se calzó las botas del ogro, se fue a la corte, donde sabía que estaban muy preocupados por un ejército que estaba a doscientas leguas de allí, y por el éxito de una batalla que habían emprendido contra otro ejército.

Dicen que fue a ver al rey y que le dijo que si así lo deseaba, podría traerle noticias del ejército antes de que acabara el día. El rey le prometió una fuerte suma de dinero si lo conseguía. Pulgarcito le trajo noticias esa misma noche, y como este primer viaje lo hizo tan

Pulgarcito

famoso, ganó mucho dinero, pues el rey le pagaba muy bien por transmitir sus órdenes al ejército, y una infinidad de damas le daban todo lo que quería con tal de tener noticias de sus galanes. Fue así como hizo la mayor parte de su fortuna. Algunas mujeres que le encargaban cartas para sus maridos, le pagaban tan poco que ni se preocupaba por contabilizarlo como ganancia.

Después de haber ejercido durante algún tiempo el oficio de correo, y de haber atesorado muchos bienes, volvió a casa de su padre, donde fue recibido con inmensa alegría. Lo arregló todo para que su familia viviera bien. Les buscó trabajo al lado del rey, tanto a su padre como a sus hermanos, y él continuó como cartero real.

CAPERUCITA ROJA

En un pueblo muy lejano vivía hace muchos años una niña tan hermosa que su madre estaba loca por ella y su abuela más loca aún. Esta buena mujer le hizo una caperuza roja que le quedaba tan bien a la niña que todo el mundo la llamó Caperucita Roja.

Un día, su madre preparó unas galletas y le dijo: "Ve a ver cómo está tu abuela, pues me han dicho que estaba algo enferma, y llévale estas galletas y un bote de mermelada". Caperucita Roja salió inmediatamente hacia la casa de su abuela, que estaba en otro pueblo.

Al pasar por un bosque, se encontró con un lobo que, aunque quería comérsela, no se atrevió porque había algunos cazadores en el bosque. Le preguntó adónde iba, y la pobre niña, que no sabía lo peligroso que puede ser detenerse a hablar con un lobo, le dijo: "Voy a ver a mi abuelita, y a llevarle unas galletas y un bote de mermelada que preparó mi mamá". "¿Vive muy lejos?", le preguntó el lobo. "Pues, sí", respondió Caperucita Roja, "vive más allá del molino que se puede ver a lo lejos, en la primera casa del pueblo". "Muy bien", dijo el lobo, "yo también voy para allá. Yo iré por este camino y tú por ese, y así veremos quién llega antes". El lobo corrió con todas sus fuerzas por el camino más corto, y la niña se fue por el camino más largo, entreteniéndose en recoger avellanas, correr detrás de las mariposas y hacer ramitos con flores.

El lobo llegó bastante rápido a la casa de la abuela y llamó a la puerta: "toc, toc".

"¿Quién es?"

"Soy tu nieta, Caperucita Roja", dijo entonces el lobo desfigurando se voz, "te traigo unas galletas y un botecito de mermelada que te ha preparado mi mamá". La abuelita, que estaba en la cama porque se encontraba un poco enferma, le gritó: "Tira de la clavija y la aldabilla cederá". El lobo tiró de la clavija y la puerta se abrió.

En ese momento, el lobo se lanzó sobre la pobre mujer y la devoró. Después, cerró la puerta, se acostó en la cama de la abuela y esperó a Caperucita Roja, que llegó al poco tiempo: "toc, toc".

"¿Quién es?"

La pequeña Caperucita Roja, al oír la voz grave del lobo, tuvo un poco de miedo al principio, pero luego pensó que se

debería a que su abuela estaba acatarrada, así que respondió:

"Soy tu nieta, Caperucita Roja; te traigo unas galletas y un botecito de mermelada que te ha preparado mi mamá."

Caperucita Roja abrió la puerta y entró.

El lobo, al verla, le dijo tapándose la cara con la colcha: "Deja las galletas y el bote de mermelada sobre el arcón, y acércate".

Caperucita Roja se acercó y vio que su abuela estaba muy cambiada. Le dijo: "Abuelita, abuelita, ¡qué orejas más grandes tienes!".

"Son para oírte mejor", respondió el lobo tratando de imitar la voz de la abuela.

"Abuelita, abuelita, ¡qué ojos más grandes tienes!"

"Son para verte mejor, mi niña."

"Abuelita, abuelita, ¡qué dientes más grandes tienes!"

"¡Son para comerte mejor!"

Mientras pronunciaba estas palabras, el malvado lobo se lanzó sobre Caperucita Roja y se la comió.

Un cazador que había escuchado la conversación entre Caperucita y el lobo en el bosque, se había acercado para ver qué pasaba. Vio la puerta de la casa abierta y, en el interior, al lobo dormido en la cama.

El cazador sacó su cuchillo y abrió el vientre del lobo. La abuelita y Caperucita estaban allí, ¡vivas!

Como castigo, el cazador llenó el vientre del lobo de piedras y luego lo volvió a cerrar. Cuando despertó, el lobo sintió mucha sed y fue a beber al río, pero como las piedras pesaban mucho, cayó de cabeza y se ahogó.

Caperucita y su abuela finalmente sólo se llevaron un buen susto, pero Caperucita ya había aprendido la lección: No volvería a hablar nunca más con desconocidos.

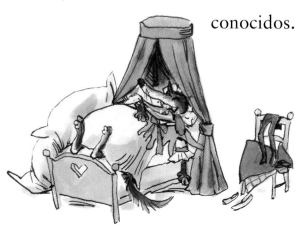

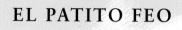

EL PATITO FEO

Hacía muy buen tiempo en el campo. Era verano. El trigo estaba amarillo y la avena, verde. El heno se apilaba en los verdes prados, y la cigüeña caminaba con sus largas patas rojas, hablando en egipcio, ya que su madre le había enseñado esta lengua. Alrededor de los campos y los prados había grandes bosques, y en medio de estos bosques, profundos lagos.

Realmente hacía muy buen tiempo en el campo. A pleno sol, se elevaba un viejo castillo rodeado de profundas zanjas. Desde sus murallas hasta el agua, crecían grandes plantas de hojas largas, tan altas que los niños pequeños podían esconderse tras ellas.

El lugar era tan salvaje como el más espeso de los bosques, y allí una pata había hecho su nido. Estaba empollando sus huevos, que pronto se abrirían, pero empezaba a cansarse porque ya llevaba mucho tiempo y apenas había recibido visitas.

Los demás patos preferían chapotear en las zanjas del castillo que ir a charlar con ella bajo las hojas.

Por fin, los huevos empezaron a romperse uno tras otro, se oía el "crac", "crac" y los preciosos patitos asomaban la cabeza.

"¡Cua, cua!", decía la pata, y los patitos graznaban todo lo que podían. Miraban a todas partes bajo las hojas verdes y su madre los dejaba ver todo lo que quisieran porque el verde es bueno para los ojos.

"¡Qué grande es el mundo!", decían los patitos. Efectivamente, tenían más espacio que cuando estaban dentro de sus huevos.

"¿Creen que este bosquecillo es el mundo entero?", preguntó mamá pata, "en realidad se extiende mucho más allá del jardín, hasta el campo del pastor; ¡pero yo nunca he llegado hasta allí! Vamos a ver, ¿ya están todos? No, no se han abierto todos los huevos. El huevo más grande todavía está aquí. ¿Cuánto tiempo va a durar esto? ¡Ya empiezo a cansarme!". Y volvió a empollar.

"¿Cómo va eso?", le preguntó una vieja pata que venía de vez en cuando a visitarla.

"Todavía me queda este huevo grande", respondió la pata. "¡No hay forma de que se abra! Pero mira los otros. ¡Son los patitos más bonitos que he visto jamás! Todos se parecen a su padre".

"Déjame ver ese huevo que no quiere abrirse", dijo la vieja pata. "¡Juraría que es un huevo de pava! A mí también me engañaron una vez y tuve muchos problemas, porque a las crías de pavo les da miedo el agua. No conseguía que se decidiera a lanzarse. Por mucho que lo regañara, no había nada que hacer. Déjame verlo otra vez. Sí, sí, yo creo que es un huevo de pava. Yo en tu lugar lo abandonaría y enseñaría a los demás a nadar."

"Todavía lo voy a seguir empollando un poco", dijo mamá pata. "Hace tanto tiempo que estoy en ello, que puedo seguir un poco más".

"¡Como quieras!", respondió la vieja pata mientras se marchaba.

Por fin, el huevo grande se resquebrajó. "Cua, cua",
dijo el pequeño al salir. Era grande y feo. La pata
lo miró: "¡Qué patito más grande!", exclamó. "¡No se
parece a los otros! Pero tampoco parece un pavo.
En fin, pronto lo comprobaremos. Voy a meterlo
en el agua aunque tenga que empujarlo yo misma a
golpes".

Al día siguiente hacía un tiempo delicioso. El sol
brillaba sobre las hojas verdes. La madre pata bajó
hacia las zanjas con toda su familia. "¡Plof!" Saltó
al agua. "¡Cua, cua!", dijo, y los patitos la siguieron uno tras otro. El agua les cubría la cabeza, pero

enseguida salían a la superficie y nadaban muy bien.
Sus patas se agitaban al compás, y todos seguían a su
mamá. Incluso el pato grande y gris, tan feo, nadaba
bastante bien junto a los demás.

"¡Pues no! No es un pavo", dijo la pata. "Utiliza
muy bien sus patas y se mantiene bien recto, así que es
mío. Y en el fondo, si se le mira bien, es bastante bonito. ¡Cua, cua! Vengan conmigo, voy a enseñarles el
mundo y les presentaré a los patos del corral, pero
manténgase siempre cerca de mí para que nadie los
pise, ¡tengan cuidado con el gato!"

Entraron todos en el corral. Había un gran desorden porque dos familias se estaban peleando por una cabeza de anguila, pero al final fue el gato el que se quedó con ella.

"¿Ven? Así es el mundo", explicó mamá pata frotándose el pico porque a ella también le hubiera gustado quedarse con la cabeza de anguila. "Utilicen sus patas", dijo, "traten de darse prisa e inclinen el cuello delante de la vieja pata de allí, ya que es la más distinguida de todo el corral. Es muy gorda y, como verán, lleva una cinta roja en su pata. Es extremadamente elegante y educada, y la respetan tanto los hombres como los animales".

"¡Dense prisa...! No se metan entre mis patas. Un pato bien educado camina separando bien sus patas, igual que su padre y su madre. Exacto, muy bien, muy bien. Y ahora inclinen el cuello y digan 'icua, cua!'".

Todos obedecieron. Pero los otros patos que estaban cerca, los observaban y decían en voz alta: "¡Míralos! Ahora tenemos una banda más aquí. ¡Como si no fuéramos suficientes! Y ¡puaj! ¡Qué pinta tiene ese patito! No lo queremos aquí". E inmediatamente una pata se lanzó volando a morderle el cuello.

"¡Déjalo en paz!", dijo mamá pata, "¡no le ha hecho nada a nadie!"

"Sí, pero es demasiado grande y demasiado raro", respondió la pata que le había picado. "¡Vamos! ¡Vamos a corregirlo!".

"Tiene usted unos bonitos hijos, madre", dijo la vieja pata del lazo alrededor de la pata, "todos ellos muy

guapos, excepto uno, que no es muy agraciado. ¡Estaría bien que pudiera rehacerlo!".

"Eso no es posible, señora", respondió mamá pata, "no es guapo, pero tiene muy buen carácter y nada tan bien como los demás o incluso un poco mejor. Seguramente se volverá más hermoso a medida que vaya creciendo o puede que se vuelva un poco más pequeño con el tiempo. Estuvo demasiado tiempo dentro del huevo, por eso es tan grande", le limpió la nuca y le alisó el plumaje. "Además, la belleza no tiene tanta importancia. Creo que crecerá bien y hará lo que tenga que hacer".

"Los otros patitos son monos", añadió la vieja pata,
"haga lo que quiera, y si encuentra una cabeza de anguila, tráigamela, por favor".

Y estuvieron como en su propia casa.

Pero el pobre patito, el que había salido del último
del huevo y que era tan feo, tuvo que soportar picota-
zos y empujones, y todo el mundo se reía de él, tanto
los patos como los pollos.

"¡Es demasiado grande!", decían, y el pavo que había nacido con espolones y que por eso se creía un emperador se infló como un barco de vela, se tiró sobre
él, cloqueó y su cabeza se tornó roja. El pobre patito

no sabía dónde meterse, y no sabía si quedarse o irse... Estaba muy triste por ser tan feo y por ser el hazmerreír de todo el corral.

Así pasó el primer día, pero después las cosas fueron de mal en peor. Todo el mundo se metía con el pobre patito, incluso sus hermanos y hermanas eran malos con él, y le decían todo el tiempo: "¡Ojalá te comiera el gato, eres tan feo...!" E incluso su madre decía: "Me gustaría verte lejos de aquí". Los patos lo picaban, los pollos lo golpeaban con el pico y la sirvienta que se ocupaba del corral le daba patadas.

Así que un día se lanzó al vuelo por encima del seto. Los pajaritos del bosquecillo salieron volando, asustados. "Debe de ser porque soy tan feo", pensó el patito cerrando los ojos mientras huía. Llegó a las grandes marismas donde vivían los patos salvajes, y pasó allí toda la noche. Estaba agotado y triste.

Por la mañana, los patos salvajes descubrieron a su nuevo camarada. "¿Qué clase de pájaro eres?", le preguntaron, y el patito gris empezó a dar vueltas y a saludar lo mejor que podía.

"Eres realmente feo", dijeron los patos salvajes, "pero no nos importa, ¡siempre que no te cases con alguien de nuestra familia!" ¡Pobre! Él no pensaba en casarse, sólo quería que le permitieran dormir entre las cañas y beber un poco de agua de la marisma.

Se quedó allí dos días enteros; después llegaron dos gansos salvajes, dos machos. No hacía mucho tiempo que habían salido del huevo, y por lo tanto eran muy insolentes.

"Escucha, camarada", dijeron, "eres tan feo que nos gustas. ¿Quieres viajar con nosotros? Muy cerca de aquí, hay otra marisma donde viven unos preciosos gansos salvajes, todos hembras, y siempre dicen: '¡cua, cua!'. Podrías tener éxito con ellas, aunque seas tan feo".

En ese momento, se oyó por encima de sus cabezas un ruido seco: "¡Pum, pam!" Y los dos gansos salvajes cayeron muertos entre las cañas, y el agua se tiñó de rojo. "¡Pum, pam!", se volvió a oír, y las bandadas de gansos salvajes levantaron el vuelo por encima de las cañas, y volvieron a oírse más tiros. Los cazadores rodearon la marisma, algunos habían subido a las ramas de los árboles, por encima de las cañas. Una humareda azul formaba una nube entre los árboles y flotaba por encima del agua. Los perros de caza entraron en el agua, "¡plaf, plaf!".

Fue espantoso para el pobre patito, que volvió la cabeza para esconderla bajo el ala, y en ese momento un enorme y terrible perro surgió ante él con la lengua de fuera y los ojos muy brillantes. Acercó su hocico al patito, enseñó sus dientes puntiagudos... Y, "¡plaf, plaf!", se fue sin tocarlo.

"¡Uf, gracias a Dios!", suspiró el patito, "soy tan feo que ni siquiera el perro me quiere morder".

Y permaneció un buen rato sin moverse, mientras los perdigones silbaban a su alrededor.

No volvió la calma hasta bastante tiempo después, y el pobre patito seguía sin atreverse a asomar el pico. Esperó varias horas antes de mirar a su alrededor, y después se fue de la marisma lo más deprisa que pudo. Corrió a través del campo y de los prados, pero hacía viento y le costaba mucho avanzar.

Cuando ya caía la noche, llegó por fin a una pequeña cabaña de campesinos. Era tan miserable que podía decirse que se mantenía en pie porque no sabía de qué lado desmoronarse. El viento soplaba tan fuerte alrededor del patito que tuvo que recostarse sobre su propia cola para resistirlo. Y aquello no dejaba de empeorar.

Entonces se dio cuenta de que a la puerta le faltaba uno de sus goznes y que estaba un poco inclinada; podía colarse en la choza, y eso fue lo que hizo.

Allí vivía una vieja mujer con su gato y su gallina. Y el gato, al que ella llamaba *Micifuz*, sabía erizarse y ronronear, incluso podía echar chispas, pero para ello había que acariciarlo a contrapelo. La gallina tenía unas patas pequeñitas, por eso la mujer la llamaba *Trotapasitos*. Era una buena ponedora y la vieja la quería como si fuera su propia hija.

Al llegar la mañana, se dieron cuenta enseguida de que había entrado en la cabaña un patito desconocido, así que el gato se puso a ronronear y la gallina, a cacarear.

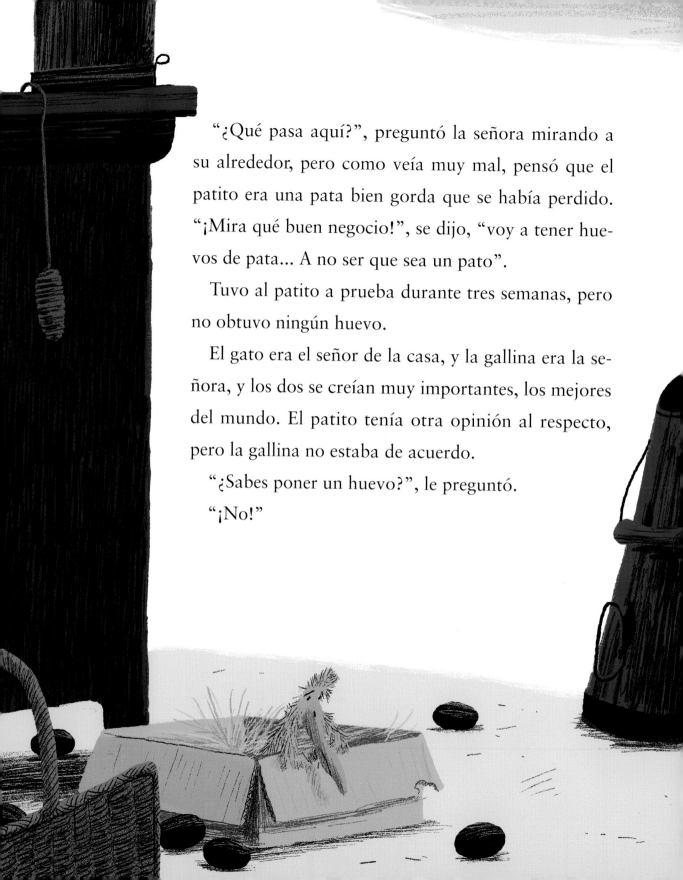

"¿Qué pasa aquí?", preguntó la señora mirando a su alrededor, pero como veía muy mal, pensó que el patito era una pata bien gorda que se había perdido. "¡Mira qué buen negocio!", se dijo, "voy a tener huevos de pata... A no ser que sea un pato".

Tuvo al patito a prueba durante tres semanas, pero no obtuvo ningún huevo.

El gato era el señor de la casa, y la gallina era la señora, y los dos se creían muy importantes, los mejores del mundo. El patito tenía otra opinión al respecto, pero la gallina no estaba de acuerdo.

"¿Sabes poner un huevo?", le preguntó.

"¡No!"

"Entonces cierra el pico."

Y el gato decía:

"¿Sabes ronronear, erizarte y echar chispas?"

"¡No!"

"Entonces, por favor, no hables cuando habla la gente sensata."

Y el patito se quedó callado en su rincón, estaba un poco preocupado.

Así que se puso a soñar con el aire fresco y el sol, y sintió un tremendo deseo de volver al agua. De modo que, como ya no podía más, se lo dijo a la gallina.

"¿Qué te pasa?", le preguntó ella. "Estás aburrido, por eso tienes esos anteojos. Pon un huevo o ronronea, y se te pasará".

"Es tan bonito nadar sobre el agua...", respondió el patito, "es maravilloso sentir el agua por encima de la cabeza y sumergirse hasta el fondo".

"¡Bah! ¡Vaya gusto!", dijo la gallina. "Te has vuelto loco. Pregúntale al gato, que es el animal más inteligente que yo conozco, si le gusta nadar o bucear. ¡Y no digamos a mí! Pregunta incluso a nuestra dueña, a la vieja señora. No hay nadie en el mundo más inteligente. ¿Tú crees que a ella le apetecería nadar y meter la cabeza en el agua?"

"¡No me comprenden!", exclamó el patito.

"¡Sí, claro! Si nosotros no te comprendemos, ¿entonces quién? No te creerás más inteligente que el gato y que nuestra dueña, ¡por no mencionarme a mí! No te hagas el listo, patito, y agradécenos lo bien que te hemos tratado. ¿Acaso no has llegado a una casa calentita donde has conocido a gente instruida? ¡Pero si eres un inocente, y no tienes ninguna gracia! Créeme, yo sólo quiero tu bien, y si te digo cosas que no quieres oír es porque soy una amiga de verdad. Sólo tienes que intentar poner un huevo y aprender a ronronear o a echar chispas."

"Yo creo que me voy a ir a recorrer el ancho mundo", respondió el patito.

"Muy bien, pues hazlo", dijo la gallina.

Y el patito se fue. Nadó sobre el agua, luego se sumergió, pero todos los animales lo despreciaban debido a su fealdad.

Después, llegó el otoño, y las hojas del bosque se tornaron amarillas y cafés. El viento las hacía bailar en todas direcciones, y empezaba a sentirse el frío. Las nubes estaban cargadas de granizo y de nieve, y en el seto, el cuervo tenía tanto frío que gritaba: "¡Cra, cra!" Realmente hacía mucho frío, y las cosas no le iban nada bien al patito.

Una tarde, cuando el sol se ponía en todo su esplendor, una bandada de grandes y magníficos pájaros salió de los matorrales. El patito nunca había visto unos

pájaros tan bonitos, eran de un blanco brillante y tenían el cuello largo y flexible. Eran cisnes. Lanzaron un grito muy extraño, abrieron sus largas y magníficas alas y emprendieron el vuelo para irse a países más cálidos, más allá de los grandes mares. Subieron tan alto, tan alto, que el patito feo sintió una extraña sensación y se puso a girar en el agua como un trompo, con el cuello estirado mirando hacia arriba, hacia los grandes pájaros, y le salió un grito tan fuerte y tan raro que él mismo se asustó.

Jamás olvidaría a esos espléndidos pájaros, esos pájaros felices. En cuanto los perdió de vista, se sumergió hasta el fondo, y cuando salió a la superficie, estaba como fuera de sí. No sabía cómo se llamaban esos pájaros, tampoco sabía adónde iban, y sin embargo, los amaba como jamás había amado a nadie. Ni siquiera los envidiaba, ni se le pasaba por la cabeza un esplendor así para su propia persona, él se habría conformado con que los patos lo hubieran aceptado entre ellos..., ¡pobre patito feo!

El invierno fue muy, muy frío. El patito tenía que nadar sin parar para evitar que el agua se congelara a su alrededor. Pero el agujero en el que él nadaba se hacía cada noche más pequeño. Helaba tanto, que la capa de hielo crujía. El patito tenía que agitar sus patas sin cesar para que el agujero no se cerrara por completo. Acabó tan agotado que ya no se movió más y se quedó atrapado en el hielo.

Al día siguiente por la mañana, muy temprano, lo vio un campesino que pasaba por allí. Rompió el hielo con sus zuecos y se lo llevó a casa para dárselo a su esposa. Allí lo reanimaron.

Los niños quisieron jugar con él, pero creyó que le querían hacer daño y, víctima del pánico, saltó derecho al cuenco de leche, de modo que salpicó toda la habitación. La mujer gritó y palmoteó con las manos. Entonces el patito salió volando y fue a caer en un recipiente lleno de mantequilla, después saltó dentro de un barril de harina y volvió a salir. ¡Qué aspecto tenía! Y la mujer gritaba y le quería pegar con las tenazas, y los niños corrían para atraparlo, riendo y gritando... Por suerte, la puerta estaba abierta; el pobre patito salió corriendo hacia los matorrales que estaban cubiertos de nieve fresca. Y se quedó allí adormecido.

Sería demasiado triste contar todo el desamparo y la miseria que tuvo que pasar durante ese duro invierno. El patito yacía en la marisma, entre las cañas, cuando el sol volvió a brillar y a calentar el ambiente. Las alondras cantaban... Había llegado la primavera.

Entonces, de golpe, desplegó sus alas, que ya eran mucho más fuertes, y voló con facilidad. En un momento se encontró en un gran jardín, donde los manzanos habían florecido y las lilas desprendían un dulce aroma con sus largas ramas colgando. ¡Qué maravilla! ¡Qué bonita era la primavera! Y justo delante de él, al salir de los matorrales, descubrió tres preciosos cisnes blancos que agitaban las alas y flotaban en el agua. El patito reconoció a aquellos magníficos pájaros y le embargó una extraña tristeza.

"Voy a volar hacia ellos, hacia esos pájaros reales. Y si me matan por atreverme a acercarme a ellos siendo yo tan feo, pues me da igual. ¡Qué más da! Más vale que me maten ellos a que me picoteen los patos o las gallinas, y también prefiero eso a que me dé una patada la muchacha del corral o a morir congelado en invierno". Y así, voló hasta el agua y nadó hacia los maravillosos cisnes. Cuando lo vieron, se dirigieron hacia él dando grandes aletazos. "Mátenme si quieren", dijo el pobre animal inclinando la cabeza hacia la superficie del agua, esperando la muerte... Pero, ¿qué vio en el agua transparente, justo debajo de él? Vio su propia imagen, que ya no era la de un pájaro gris y tonto, horrible y feo. Era un cisne.

¡Qué importa haber nacido en un corral de patos si se ha salido de un huevo de cisne!

Estaba contento a pesar de las desgracias y de todo el desamparo que había sufrido. Ahora comprendía realmente su suerte y apreciaba mejor todo el esplendor que disfrutaba. Los grandes cisnes nadaban a su alrededor y le acariciaban el pico.

Algunos niños pequeños llegaron al jardín, y tiraron al agua migas de pan y semillas, y el más pequeño exclamó:

"¡Hay uno nuevo!" Y los otros niños estaban tan contentos como él. "Sí, ¡hay uno nuevo!". Y aplaudían y bailaban. Corrieron a buscar a sus padres, y tiraron al agua migas de pan y de pasteles, y todos decían: "El nuevo es el más bonito. ¡Es tan joven y tan hermoso!"; y los viejos cisnes lo saludaron.

En ese momento se sintió un poco avergonzado y
escondió la cabeza debajo del ala; no sabía dónde meterse. Era totalmente feliz, pero no estaba orgulloso,
porque un corazón bueno nunca lo está. Se acordaba
de cuánto se le había perseguido y cuánto se habían
reído de él, y ahora oía a todo el mundo decir que él
era el pájaro más bello. Y las lilas inclinaban sus ramas ante él, y el sol brillaba, cálido y agradable. Entonces se enderezó, y gritó con todo su corazón:
"¡Nunca soñé ser tan feliz cuando era un patito feo!".

LA PRINCESA Y EL GUISANTE

Había una vez un príncipe que deseaba casarse, pero quería asegurarse de que desposaría a una princesa. Así que viajó por el mundo entero para conocer a una, sin embargo, en todas partes encontraba siempre algún inconveniente.

Princesas no faltaban pero, ¿eran auténticas princesas? No podía estar completamente seguro. Siempre había algo que no encajaba.

Finalmente, volvió a su castillo, triste y decepcionado, con pocas esperanzas de casarse.

Una noche, hacía un tiempo horrible. El cielo se cubrió de pesadas nubes negras y se desencadenó una terrible tormenta. En ese momento llamaron a la puerta del castillo. Como nadie se atrevía a ir a abrir, lo hizo el propio rey.

Era una princesa que, con aquella lluvia y aquel mal tiempo, tenía un aspecto horrible. El cabello mojado le caía sobre los hombros, y su ropa escurría. No dejaba de estornudar y sus zapatos hacían "floc, floc" cuando caminaba. Decía que era hija de un rey, ¡que era una auténtica princesa!

"¡Eso lo veremos!", pensó la vieja reina y, sin decir nada, fue a prepararle una habitación para que descansara. Al hacer la cama puso un guisante pequeñito debajo del colchón. Después, ordenó que los sirvientes apilaran veinte colchones encima del guisante, y sobre ellos, veinte edredones de plumas de ganso.

En esa cama dormiría la supuesta princesa.

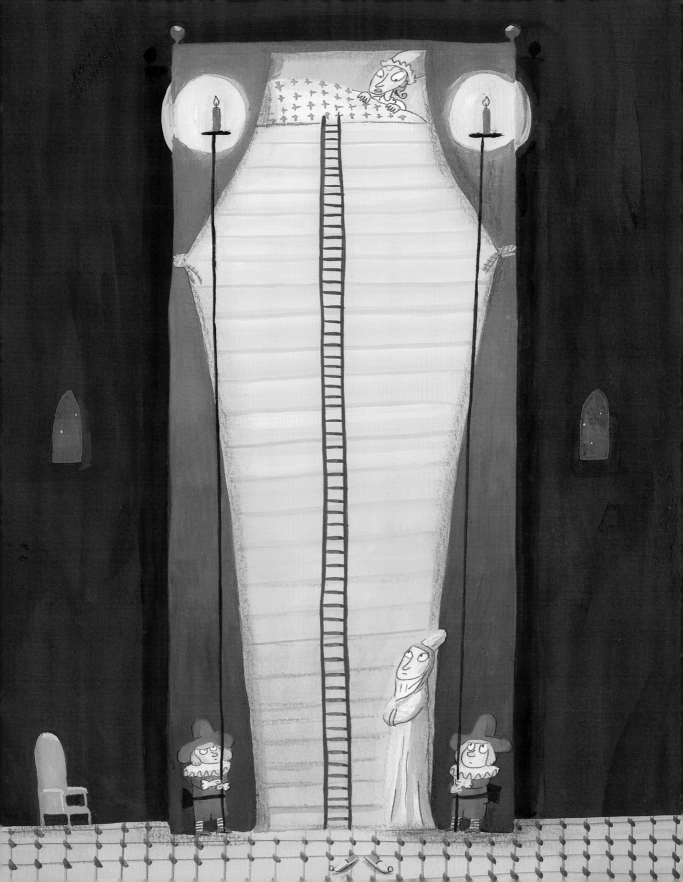

Al día siguiente por la mañana, el joven príncipe y su madre preguntaron a la princesa cómo había dormido.

"¡Uf! ¡Horrorosamente mal!", respondió la princesa. "Casi no he dormido en toda la noche. ¡No sé qué había en esa cama!; seguramente alguna cosa dura, porque tengo todo el cuerpo lleno de moretones".

De este modo comprobaron que se trataba de una princesa de verdad, puesto que a través de veinte colchones y veinte edredones, había notado el guisante. ¡Sólo una princesa de verdad podía tener la piel tan delicada!

Para alegría de sus padres, el príncipe quiso casarse enseguida con ella, ya que ahora estaba seguro de que había encontrado a la princesa que necesitaba. En cuanto al guisante, fue colocado en el museo del pueblo, donde todos los súbditos del rey pudieran ir a verlo. Si nadie se lo ha llevado, todavía debe estar allí.

LOS TRES CERDITOS

Había una vez tres cerditos que vivían con su mamá en una modesta granja. Una mañana, la mamá reunió a los cerditos y les dijo que era muy pobre y que no podía seguir ocupándose de ellos.

"Ya son mayores", dijo. "Me gustaría que cada uno se construyera su propia casa, pero háganlo con cuidado para que sea muy resistente, y así el malvado lobo no pueda entrar y comérselos".

Los tres cerditos abrazaron a su mamá y se fueron a buscar materiales para construir su casa.

El primer cerdito se construyó una casa de paja porque era demasiado perezoso para buscar otro material más resistente.

El segundo cerdito, también bastante perezoso, construyó una casa con ramas que había encontrado en el suelo.

El tercer cerdito era más enérgico y sensato que los otros dos. Trabajó sin cesar para poder comprar un montón de ladrillos y así construir su casa. Cuando ya la había terminado, aún le quedaron suficientes ladrillos para hacer una bonita chimenea.

"Estoy realmente orgulloso de esta casa", se dijo. "Es fuerte, está bien hecha y, además, la he construido a prueba de lobos".

El primer cerdito estaba soñando en su casita de paja, cuando oyó al malvado lobo olfatear en el umbral de su puerta.

"Déjame entrar, cerdito", gruñó el lobo. "He venido a comerte".

"No", respondió el cerdito con voz temblorosa. "¡Nunca te abriré la puerta!".

"En ese caso", dijo el lobo gritando, "soplaré como un buey y tu casa destrozaré".

Entonces, respiró profundamente y sopló, y sopló... Y sopló tan fuerte que hizo volar la casita de paja.

El cerdito, que apenas pudo escaparse de las terribles mandíbulas del lobo, se fue corriendo a casa de su hermano, el que se había hecho la casita de madera. Apenas había entrado en la casa, cuando el lobo llamó a la puerta.

"¡Ja!", exclamó el lobo relamiéndose. "Ahora me voy a comer dos cerditos en vez de uno. ¡Ábranme!"

"No", respondieron los cerditos temblando de miedo. "¡Nunca jamás!".

El lobo soltó una carcajada insolente y aulló:

"En ese caso, soplaré y soplaré y la casa destrozaré."

Diciendo esto, respiró profundamente y sopló, y sopló... Y sopló tan fuerte que consiguió hacer volar la casita de madera.

Perseguidos por el lobo hambriento, los dos cerditos imprudentes corrieron con todas sus fuerzas hacia la casa de ladrillos de su hermano. Apenas acababan de entrar en ella, cuando el lobo llamó a la puerta. Aterrorizados, los dos cerditos se escondieron debajo de la cama de su hermano.

"Salgan de ahí", les dijo su hermano riendo. "El lobo puede soplar todo lo que quiera, pero nunca podrá derrumbar esta casa".

Afuera, el lobo soplaba y soplaba todo lo que podía, pero la casa ni se movía.

El tercer cerdito seguía riéndose.

"Está bien", dijo el lobo enseñando sus dientes. "Bajaré por la chimenea y devoraré a los tres para cenar".

"¡Está subiendo al tejado!", gritaron los dos cerditos, que seguían debajo de la cama. "¿Qué vamos a hacer? Sálvanos, te lo suplicamos."

"No se preocupen, hermanitos. Recibiré al lobo de una manera que nunca olvidará."

Tomó un fósforo y encendió un gran fuego en la chimenea. Las llamas empezaron a subir y a crepitar justo en el momento en que el lobo bajaba por la chimenea.

El lobo cayó y cuando la cola tocó el fuego, dio un aullido tan fuerte que se oyó a varios kilómetros de allí.

Muerto de risa, el tercer cerdito abrió la puerta y el lobo salió corriendo y gritando de dolor, con la cola en llamas y el lomo humeante...

Los dos cerditos perezosos estaban tan agradecidos de haber sido salvados de las garras del lobo, que prometieron a su hermano que, en adelante, serían trabajadores y serios como él.

Al día siguiente, los tres cerditos invitaron a su mamá a vivir con ellos en la casa de ladrillos, y desde ese día vivieron felices todos juntos.

BARBA AZUL

Había una vez un hombre que tenía varias y muy bonitas casas tanto en la ciudad como en el campo, vajillas de oro y plata, muebles de marquetería y carrozas doradas pero, por desgracia, tenía la barba azul, y eso lo hacía tan feo y tan desagradable que no había mujer, joven o madura, que no huyera de él. Una de sus vecinas, una gran dama, tenía dos hijas muy bellas. Pidió a una de ellas en matrimonio y dejó que la dama eligiera a la que quisiera, pero ninguna quería casarse con un hombre que tuviera la barba azul. Además, les inquietaba el hecho de que ese hombre ya se había casado con varias mujeres y nunca más se supo de ellas.

Para conocerlas mejor, Barba Azul las llevó, junto a su madre y tres o cuatro de sus mejores amigas y algunos jóvenes del vecindario, a una de sus casas de campo, donde pasaron ocho días. Se dedicaron a dar paseos, a cazar y pescar, a bailar, a celebrar fiestas, comidas... Apenas dormían y se pasaban la noche haciendo todo tipo de travesuras y bromas. En fin, todo iba tan bien que a la más pequeña de las hermanas le empezó a parecer que el señor de la casa no tenía la barba tan azul, y que era un hombre muy honorable.

Así que, en cuanto volvieron a la ciudad, decidieron casarse.

Al cabo de un mes, Barba Azul le dijo a su mujer que tenía que irse de viaje y que estaría fuera unas seis semanas por un asunto importante. Le rogó que se divirtiera durante su ausencia, que invitara a sus amigas y que las llevara al campo si quería.

"Mira", le dijo, "aquí tienes varias llaves: la alacena, donde guardo la vajilla de oro y plata que es para ocasiones especiales; la del armario, donde están mis joyas, y esta otra es la llave de mi caja fuerte, donde guardo todo mi oro y mi dinero."

"Esta llave pequeñita es del despacho que está al final de la gran galería del piso de abajo; puedes abrirlo todo y puedes entrar en todas partes, pero te prohíbo terminantemente que entres en ese despacho; te lo prohíbo de tal manera que si se te ocurriera abrirlo, no podría contener mi cólera."

Ella le prometió cumplir todas sus órdenes, de modo que Barba Azul, después de besarla, subió a su carroza y se fue de viaje.

Las vecinas y las amigas ni siquiera esperaron a ser llamadas para ir a ver a la joven esposa, ya que estaban muy impacientes por ver todas las riquezas de su casa, a la que no se habían atrevido a ir mientras estaba el marido porque les daba mucho miedo su barba azul.

En cuanto llegaron empezaron a recorrer las habitaciones, los despachos, los guardarropas... Cada cual
más bonito y más rico que los otros. Después, admira-
ron la gran cantidad y la belleza de las tapicerías, las
camas, los sofás, los candelabros, las mesas y los espejos en los que podían verse desde la cabeza hasta los
pies, y cuyos marcos, unos de cristal, otros de plata y
otros de oro, eran los más bonitos y magníficos que
hubieran visto jamás. No dejaban de asombrarse y de
envidiar la suerte de su amiga, la cual, a pesar de todo,
no mostraba interés por esas riquezas a causa de la im-
paciencia que sentía por abrir el despacho del piso de
abajo.

Tanta era su curiosidad que, sin tener en considera-
ción a sus acompañantes, bajó por una escalera secreta, y tan aprisa que a punto estuvo de caerse dos o tres
veces. Cuando llegó a la puerta del despacho, se detuvo ante ella un momento pensando en la advertencia
de su marido y en la desgracia que podría ocurrirle si
lo desobedecía, pero la tentación era tan fuerte que no
pudo superarla. Tomó la llave pequeña y, temblorosa, abrió la puerta del despacho.

Al principio no vio nada, porque las
ventanas estaban cerradas. Después, descubrió que el suelo estaba cubierto de
sangre, en la cual se reflejaban los cuerpos
de varias mujeres muertas colgadas de las
paredes: eran las esposas de Barba Azul; las había degollado una tras otra.

Creyó morirse de miedo, y la llave del despacho, que acababa de retirar de la cerradura, se le cayó de las manos. Cuando se repuso, recogió la llave, volvió a cerrar la puerta y subió a su habitación para relajarse un poco, pero estaba tan impresionada que no lo conseguía. Entonces se dio cuenta de que la llave del despacho estaba manchada de sangre, así que la limpió bien dos o tres veces, pero la sangre no desaparecía. Tuvo que volver a limpiarla e incluso la frotó con arena, pero la sangre seguía allí, porque la llave estaba encantada y no había forma de limpiarla del todo. Cuando quitaba la sangre de un lado, volvía a salir en otro...

Barba Azul regresó de su viaje esa misma noche, y dijo que había recibido cartas en el camino en las que se le decía que el asunto por el que se había ido, acababa de terminar favorablemente para él. Su mujer hizo todo lo posible por aparentar que estaba feliz de su inesperado regreso. Al día siguiente, él le pidió las llaves y ella se las dio, pero con una mano tan temblorosa que su marido se dio cuenta enseguida de lo que había pasado. "¿A qué se debe", dijo, "que la llave del despacho no esté con las otras?".

"Seguramente la habré dejado arriba, sobre la mesa", dijo ella.

"No olvides dármela más tarde", dijo Barba Azul.

Después de varios aplazamientos, tuvo que darle la llave. Barba Azul la examinó con atención y preguntó a su mujer: "¿Por qué hay sangre en esta llave?".

"No lo sé", respondió la pobre mujer, pálida como la muerte.

"¿No lo sabes?", respondió Barba Azul, "pues yo sí que lo sé. Has entrado en el despacho, ¿no? Pues muy bien, señora, entrarás y ocuparás tu sitio al lado de las otras damas que has visto".

Ella se arrodilló ante su marido, llorando y pidiéndole perdón con un sincero arrepentimiento por no haberle obedecido. Habría enternecido a una roca, con lo hermosa y desconsolada que estaba, pero Barba Azul tenía el corazón más duro que una roca: "Morirás, señora", le dijo, "y ahora mismo".

"Puesto que tengo que morir", respondió ella mirándolo con los ojos llenos de lágrimas, "dame un poco de tiempo para rezar a Dios".

"Te doy un cuarto de hora", respondió Barba Azul, "pero ni un momento más".

Cuando se quedó sola, llamó a su hermana y le dijo: "Querida hermana Ana", pues así se llamaba, "sube, te lo ruego, a lo alto de la torre para ver si vienen mis hermanos a verme. Me prometieron que vendrían hoy; si los ves, hazles una seña para que se den prisa."

Su hermana subió a lo alto de la torre, y la pobre desdichada le gritaba de vez en cuando: "Ana, hermana, ¿no los ves venir?" Y la hermana respondía: "Sólo veo el sol que centellea y a la hierba que verdea".

Mientras tanto, Barba Azul, con un gran machete en la mano, gritaba con todas sus fuerzas: "Baja rápidamente o subiré". "Un poquito más, por favor", le respondió su mujer. Y de inmediato gritó en voz baja: "Ana, hermana, ¿no los ves venir?" La hermana respondió: "Sólo veo al sol que centellea y a la hierba que verdea".

"¡Baja rápido!", gritaba Barba Azul, "o subiré ahora mismo". "Ya voy", respondió la mujer, y después gritó: "Ana, hermana, ¿no ves venir a nadie?"

"Veo", respondió su hermana, "una gran polvareda que viene de aquel lado."

"¿Son mis hermanos?"

"¡Vaya! No, hermana mía, es un rebaño de ovejas..."

"¿No vas a bajar?", gritaba Barba Azul. "Un momentito más", respondió su mujer; y después gritó: "Ana, hermana, ¿no ves venir a nadie?"

"Veo", respondió ella, "dos caballeros que vienen de aquel lado, pero todavía están muy lejos".

"¡Gracias a Dios!", exclamó, "son mis hermanos". "Les estoy haciendo señas para que se den prisa".

Barba Azul se puso a gritar tan fuerte que toda la casa vibraba. La pobre mujer bajó, y se arrodilló ante él, completamente desconsolada y muy despeinada.

"No me conmueves", dijo Barba Azul, "tienes que morir". Después, sujetó su cabellera con una mano, levantó con la otra el machete y se dispuso a cortarle la cabeza.

La pobre mujer se volvió hacia él y le suplicó que la dejara rezar un instante.

"No, no", dijo él, "encomiéndate a Dios", y levantando su brazo...

En ese momento, golpearon tan fuerte a la puerta que Barba Azul paró en seco. Se abrió la puerta, e inmediatamente vio entrar a dos caballeros que, espada en mano, corrieron directamente hacia él.

Reconoció a los hermanos de su mujer, uno era soldado y el otro mosquetero, así que emprendió la huida para salvarse. Pero los dos hermanos lo persiguieron y lo atraparon antes de que pudiera alcanzar la escalinata. Le atravesaron el cuerpo con sus espadas y lo mataron. La pobre mujer estaba muerta de miedo y no tenía fuerzas ni para levantarse a abrazar a sus hermanos.

Como Barba Azul no tenía ningún heredero, su mujer se quedó con todos sus bienes, de los cuales empleó una parte en casar a su joven hermana Ana con un caballero que la amaba desde hacía tiempo; otra parte la destinó a conseguir cargos de capitán para sus dos hermanos, y el resto, para casarse con un hombre muy honesto, que le hizo olvidar los malos tiempos que había pasado junto a Barba Azul.